Tucholsky Wagner Zola Scott Schlegel
Turgenev Wallace Fonatne Sydow Freud

Twain Walther von der Vogelweide Fouqué Friedrich II. von Preußen
Weber Freiligrath Frey

Fechner Fichte Weiße Rose von Fallersleben Kant Ernst Richthofen Frommel
Engels Fielding Hölderlin
Fehrs Faber Flaubert Eichendorff Tacitus Dumas

Feuerbach Maximilian I. von Habsburg Fock Eliasberg Ebner Eschenbach
Ewald Eliot Zweig
Goethe Vergil
Elisabeth von Österreich London

Mendelssohn Balzac Shakespeare Dostojewski Ganghofer
Trackl Stevenson Lichtenberg Rathenau Doyle Gjellerup
Mommsen Tolstoi Hambruch
Thoma Lenz Hanrieder Droste-Hülshoff

Dach Verne von Arnim Hägele Hauff Humboldt
Reuter Rousseau Hagen Hauptmann Gautier
Karrillon Garschin Defoe Hebbel Baudelaire
Damaschke Descartes Hegel Kussmaul Herder

Wolfram von Eschenbach Schopenhauer Rilke George
Bronner Darwin Dickens Grimm Jerome Bebel
Campe Horváth Melville Aristoteles Proust
Bismarck Vigny Gengenbach Barlach Voltaire Federer Herodot
Heine

Storm Casanova Lessing Tersteegen Gilm Grillparzer Georgy
Chamberlain Langbein Gryphius
Brentano Lafontaine
Strachwitz Claudius Schiller Kralik Iffland Sokrates
Katharina II. von Rußland Bellamy Schilling
Gerstäcker Raabe Gibbon Tschechow

Löns Hesse Hoffmann Gogol Wilde Gleim Vulpius
Luther Heym Hofmannsthal Klee Hölty Morgenstern
Roth Heyse Klopstock Kleist Goedicke
Luxemburg Puschkin Homer Mörike
La Roche Horaz Musil
Machiavelli
Navarra Aurel Musset Kierkegaard Kraft Kraus Moltke
Lamprecht Kind Kirchhoff Hugo
Nestroy Marie de France

Nietzsche Nansen Laotse Ipsen Liebknecht
Marx Lassalle Gorki Klett Ringelnatz
von Ossietzky May Leibniz
vom Stein Lawrence Irving
Petalozzi Knigge
Platon Pückler Michelangelo Kock Kafka
Sachs Poe Liebermann Korolenko
de Sade Praetorius Mistral Zetkin

Der Verlag tredition aus Hamburg veröffentlicht in der Reihe **TREDITION CLASSICS** Werke aus mehr als zwei Jahrtausenden. Diese waren zu einem Großteil vergriffen oder nur noch antiquarisch erhältlich.

Symbolfigur für **TREDITION CLASSICS** ist Johannes Gutenberg (1400 — 1468), der Erfinder des Buchdrucks mit Metalllettern und der Druckerpresse.

Mit der Buchreihe **TREDITION CLASSICS** verfolgt tredition das Ziel, tausende Klassiker der Weltliteratur verschiedener Sprachen wieder als gedruckte Bücher aufzulegen – und das weltweit!

Die Buchreihe dient zur Bewahrung der Literatur und Förderung der Kultur. Sie trägt so dazu bei, dass viele tausend Werke nicht in Vergessenheit geraten.

Jenny, oder Die drei Blumenmärkte zu Paris

Paul de Kock

Impressum

Autor: Paul de Kock
Übersetzung: Heinrich Elsner
Umschlagkonzept: toepferschumann, Berlin

Verlag: tredition GmbH, Hamburg
ISBN: 978-3-8424-0852-4
Printed in Germany

Paul de Kock

Jenny,
oder
Die drei Blumenmärkte zu Paris.

1862

Erstes Kapitel

Paris wird in Kurzem nur noch ein großes Blumenbeet sein. Flora ist die Göttin, der dort Weihrauch gestreuet wird; in allen Quartieren richtet man ihr heut zu Tage Altäre auf. Liebt ihr die Blumen? man verkauft überall, und statt der Bäume, auf welche wir, Dank dem Gase, in Folge dessen ihre Wurzeln absterben, bald werden Verzicht leisten müssen, bleiben uns dann wenigstens noch Rosen-, Jasmin- und Resedensträuche; diese geben zwar nicht so viel Schatten, verbreiten aber desto mehr Wohlgeruch.

Ein französischer König hat behauptet: *Ein Hof ohne Frauen gleiche einem Frühling ohne Rosen.*

Trotz dem gab es unter Franz I. Regierung keine drei Blumenmärkte zu Paris, und wenn man die Damen liebt, muß man nothwendig auch die Blumen lieben, den ihr wißt, daß man nicht leicht von den Einen sprechen kann, ohne sie mit den Andern zu vergleichen, und wie oft hat man nur von Tibull, Catull und Properz an bis zu Dorat, Parny und Gentil-Bernard wiederholt, das Weib sei eine Blume! Alle Vaudeville-Dichter haben noch Verse darüber gemacht.

Ehemals konnte man sich wöchentlich nur zweimal mit Blumen versehen.

Nur auf dem Kai nächst dem Platze vor dem Justizpalaste legten Mittwochs und Samstags die Landleute aus der Umgegend von Paris und die Blumengärtner der Hauptstadt ihre schöne Waare aus.

An diesen Tagen war der Blumen-Kai schon frühzeitig das Stelldichein der jungen Mädchen, der kleinen Näherinnen und Grisetten aller Quartiere von Paris, die sich dort einfanden, um wegen eines bescheidenen Maßliebenstöckchens zu feilschen, oder sich gar zu einem Nelken- oder einem Myrthentopf zu versteigen.

Die Studenten der Medicin, kurz, die ganze nach Gelehrsamkeit strebende Jugend des Quartiers Latin ging, zwar mehr um die dort auf- und ab spazierenden Damen zu betrachten, als um Sträuße zu kaufen, ebenfalls auf den Blumen-Kai hinab; gegen zwei Uhr erschienen alsdann die eleganten Damen, denen es nicht zu gering war, aus ihrem Wagen heraus zusteigen, um sich einen Pomeranzenbaum, einen *cactus grandiflorus* oder eine *Rosa centifolia* auszuwählen; von ihrem Diener begleitet, durchschritten sie den Marktplatz und blieben bei den schönsten Blumen, den seltensten Pflanzen stehen.

Gegen Abend, zur Zeit, wo die Verkäuferinnen sich beeilten, ihr Tagwerk zu beendigen und zu ihrem Herd zurückzukehren wünschten, sah man die bescheidene Rentnerin herankommen, die sich mit einem Resedastöckchen erfreuen wollte, um trotz der Ordonnanzen des Polizeicommissärs, der ein entschiedener Feind aller Blumentöpfe vor den Fenstern ist, das ihrige damit zu zieren. Der arme Polizeicommissär! was mag ihm das allein schon zu schaffen machen!

Dann kam der fleißige Arbeiter, dem es nach Beendigung seines Tagewerks eingefallen war, daß sein Weib Johanna, Maria oder Magdalena heiße, und daß man ohne Blumen kein Namensfest feiern könne.

Endlich vertraute selbst der Portier seine Loge auf einen Augenblick einem gefälligen Nachbar an, um sich schnell noch ein Basilikum oder eine Volubilis zu holen, welche ihn nebst seiner Elster in seinen müßigen Stunden angenehm unterhalten sollten.

Andere Zeiten, andere Sitten! Der Blumen-Kai ist allerdings noch stets besucht; er steht sogar in dem Rufe, als biete er unter den drei Blumenmärkten der Hauptstadt die reichste Auswahl dar, und dieser Ruf ist kein angemaßter ... Aber die jungen Mädchen des Marais und die Bürger beim Saint-Denis-Thore sind doch wenigstens nicht mehr genöthigt, wenn sie sich eine Blume kaufen wollen, einen Theil von Paris zu Fuße zu durchwandern, oder einen Omnibus zu nehmen, um diesem Wunsche Genüge zu leisten. Zwölf Sous im Omnibus zu zahlen, um einen Topf Veilchen um sechs Sous einzukaufen, diese Erwägung mußte nothwendig den Blumenhändlerinnen viel Eintrag thun. Jedes Quartier mußte seinen Blumenmarkt haben, wie es auch Blumen für jede Geldbörse gibt; denn für so viele junge Frauen, welche ihren Tag mit Arbeiten zubringen, ist es eine äußerst angenehme Erholung, wenn sie ihr Auge auf etwas Grünem, auf einer sich erschließenden Knospe oder auf Blüthen ruhen lassen können, die einen lieblichen, wohlriechenden Duft ausathmen! Blumen sind der einzige Luxus armer Leute; man muß daher darauf hinarbeiten, daß sie sich denselben billig verschaffen können. Ein Luxus, der einen Augenblick des Glückes gewährt, verdient beinahe unter die Nothwendigkeiten des Lebens gerechnet zu werden.

Jetzt hat also auch der Marais seinen Blumenmarkt, und zwar auf dem Boulevard Saint Martin vor dem Wasserschloß. Dort kann man nun alle Montage und Donnerstage Nelken, Jasmin und Dahlien, wenn nicht pflücken, doch bewundern und kaufen.

Die Nachbarschaft des Wasserschlosses wirkt angenehm erfrischend auf das Boulevard; die Bäume, die man dort seit der Julirevolution so oft gepflanzt und wieder umgepflanzt hat, werden vielleicht endlich am Ende zu bewegen sein, Wurzel zu fassen, ihre Aeste auszubreiten und Schatten zu gewähren.

Arme Bäume! ... sie behandeln uns mit Strenge, wie wenn sie es uns entgelten lassen wollten, daß wir jene umgehauen haben, welche die Spaziergänge unserer Vorfahren beschatteten.

Bis nun einmal die egyptischen Feigenbäume des Boulevards beim Wasserschloß gehörig mit Laub versehen sein werden, hat man bereits Reihen von Sitzen zu ihren Füßen angebracht: hier will man die Spaziergänger herbeilocken und ihnen gleich eine bequeme Gelegenheit zum Ausruhen anbieten.

Die eleganten Damen und die Stutzer lassen sich noch nicht in großer Anzahl auf den Sitzen des Boulevards Saint-Martin sehen, zur Entschädigung trifft man eine Masse Kindsmägde und consequenterweise nicht unbedeutend Soldaten dort; mit der Zeit kann es vielleicht ein zweites Boulevard von Gent werden; die guten Leute behaupten ja auch, Paris sei nicht in einem Tag erbaut worden.

Aber an Montagen und Donnerstagen sind während der schönen Jahreszeit die Sitze voll Menschen, denn dann machen die von den Verkäuferinnen ausgestellten Blumen diesen Spaziergang angenehm; er ist auch jederzeit weit reinlicher, als der auf dem Kai, wo der alte Blumenmarkt abgehalten wird.

Endlich hat auch das elegante, fashionable Quartier, das Quartier der Bankiers und Operntänzerinnen, der Dandy's und Modedamen, der *Löwen* und *Ratten* (Figurantinnen), die Chaussée d'Antin ihren Blumenmarkt: dieser wird bei der Magdalenen-Kirche auf einem vor Gefährten geschützten, gebahnten Terrain, welches beinahe immer trocken ist, abgehalten.

Dieser Markt sollte unter den dreien der schönste sein, man sollte die herrlichsten Blumen und die reizendsten Frauen, die seltensten Pflanzen und die modernsten Toiletten daselbst sehen; dies ist aber nicht der Fall. Dieser Markt, der allwöchentlich Dienstags und Samstags abgehalten wird, ist gewöhnlich am wenigsten besucht, und der Liebhaber findet auch nicht die gehörige Auswahl von Blumen. Die Modedamen sehen es zwar gern, wenn man ihnen Blumensträuße bringt, aber sie kaufen selbst keine; sie haben Recht: man muß den Anbetern nicht ins Handwerk pfuschen.

Ihr seht hieraus, daß man jeden Tag in der Woche, ohne Paris zu verlassen, unter lauter Rosen, Pomeranzenbäumen und Dahlien spazieren gehen kann; und Solchen, die jetzt, wie früher Jean-Jacques, behaupten würden, Paris sei eine geräuschvolle, schmutzige, rauchige Stadt, würden wir entgegenhalten, sie habe sich nun ganz in ein buntgeschmücktes Blumenbeet verwandelt.

Zweites Kapitel

Vor einem Jahre etwa, an einem Mittwoch, bot der Blumenmarkt auf dem Kai einen reizenden Anblick dar. Blüthenreiche Stauden ergötzten zugleich Auge und Geruch; zahlreiche Spaziergänger gingen auf dem Markte auf und ab, die Einen, um zu sehen, die Andern, unschlüssig, was sie unter den schönen Gegenständen, woran sich ihr Auge weidete, auswählen sollten.

Inmitten dieser Menschenmenge sah man einen kleinen, schwarzgekleideten Greis, dessen abgetragene, an manchen Stellen schon ausgebesserte Kleider durch eine ganze Generation gegangen zu sein schienen. Der kleine Mann, dessen dürrer, magerer Leib fast eben so abgenützt schien als sein Rock, hatte eine Perrücke auf dem Kopfe, die einst blond gewesen sein mochte, aber im Laufe der Zeit roth geworden war.

Von dem immerwährenden Gebrauche und Zurechtsetzen war sie an beiden Seiten so abgerieben und kurz geworden, daß sie nur noch bis an die Ohren reichte, und man dort weiße Haare hervordringen sah, welche durchaus nicht zur übrigen Frisur paßten, diese konnte auch der ebenfalls roth gewordene Hut nicht bedecken, dessen Krämpe so schmal war, daß man nicht begriff, wie es der kleine Mann anfange, wenn er Jemand durch Hutabziehen grüßen wolle. Allein dieser mehr als bescheidene Anzug machte keinen wehmüthigen Eindruck auf Einen, weil der kleine Greis unter seinem abgeschabten Rocke und seiner abgekürzten Perrücke der glücklichste Mensch auf der Welt zu sein schien: seine grauen Augen strahlten vor Lebhaftigkeit, er kniff seinen Mund mit spöttischer Miene lächelnd übereinander, und rieb sich oft während des Gehens die Hände, wie Jemand, der ein vorteilhaftes Geschäft beendigt hat oder vollkommen mit sich zufrieden ist.

Nachdem er lange auf dem Kai auf- und ab spaziert war, die schönsten Stauden in der Nähe betrachtet, und die wohlriechendsten Sträuße berochen hatte, näherte sich der Alte einer Händlerin, welche einfachere Blumen verkaufte, zeigte mit der Hand auf ein Veilchenstöckchen, und fragte sie:

»Was kostet das?« – Dieses Veilchen? ... sechs Sous. – »Warum nicht gar, sechs Sous! Das sagt Ihr zu mir, zu einem Kunden!« – Ich weiß nicht, ob Sie vielleicht oft von Andern kaufen, mit mir handeln Sie aber das erste Mal. – »Bah! Ihr erinnert Euch eben nicht! Kein Mittwoch und Samstag geht vorbei, ohne daß ich auf den Markt komme! Ich bete die Blumen an, und wenn ich einen Garten hätte, wäre er ein wahres Blumenbeet! Leider habe ich übrigens nur ein Fenster, und zwar ein sehr schmales. Hört, ich gebe Euch zwei Sous für dieses Veilchenstöckchen, das ist gut bezahlt.« – Vier, billiger gebe ich es nicht. – »Ich sage Euch ja, daß ich ein Kunde von Euch bin; alle zwei Monate kaufe ich ein neues Veilchenstöckchen, das ist meine Lieblingsblume; es ist allerdings nicht die theuerste, aber nach meiner Ansicht die lieblichste. Macht, gebt es her, hier ist Euer Geld: ich kaufe nie auf Borg.« – Nein, nein, ich lasse es nicht unter vier Sous. – »Wenn es dieser Herr nicht nimmt, so kaufe ich es,« sagte ein junges Mädchen, welches auch hinzugetreten war.

Der alte Herr sah in die Höhe und betrachtete die Person, welche ihm Concurrenz machte, und die Blume seiner Wahl steigern wollte.

Er erhob im ersten Momente seine Blicke mit einem ärgerlichen Gefühle auf die Neuhinzugekommene; aber sein Widerwille legte sich bald beim Anblick zweier schönen, schwarzen, lebhaften, strahlenden, fast geistreichen Augen, eines kleinen, aufgestülpten Näschens, eines feinen, niedlichen Mundes mit zwei Reihen blendend weißer Zähne, kurz eines eben so frischen, als reizenden und liebenswürdigen Gesichtchens, drei Vorzüge, die man nicht so oft, als man glauben könnte, vereinigt findet.

Der kleine Mann barg unter seinem abgetragenen Rocke ein für die Macht der Schönheit empfängliches Herz, vielleicht trug er nur in Folge seiner allzu großen Empfindsamkeit ein so armseliges Kostüm!

Es gibt Männer, die ihre ganze Jugendzeit damit zubringen, Thorheiten zu begehen, und im Alter nur bedauern, keine mehr begehen zu können.

Statt dem jungen Mädchen, welches ihm in den Handel stand, einen Vorwurf zu machen, nahm Herr Alexandrin (so hieß der alte Herr) hastig das Stöckchen, und überreichte es ihr mit den Worten:

»Ich bedaure weniger, es nicht zu besitzen, da ich sehe, daß diese Blume in den Besitz einer andern kommt.«

Das junge Mädchen lächelte.

Ein Compliment macht immer Freude, besonders wenn man es nicht hervorgerufen hat, und statt die Veilchen zu nehmen, die man ihr darbot, entgegnete die Jungfrau:

»Mein Gott! lieber Herr, ich habe dieses gesagt ohne daran zu denken, daß es Sie verdrießen könnte ... Sie hatten vielleicht besondere Lust zu dieser Blume; ich weiß zwar wohl, daß es viele auf dem Kai gibt, aber zuweilen gibt man einem Stock vor dem andern den Vorzug. Behalten Sie ihn nur, mein Herr, ich kaufe ihn nicht.« – Nein, wahrhaftig, Fräulein, ich bin allzu glücklich, Ihnen etwas abtreten zu können, obgleich ich nicht auf einen Gegendienst rechne; ich habe nur eine Bitte, Fräulein: wenn Sie mir auch einen Gefallen erweisen wollen, so erlauben Sie, daß ich Ihnen den gekauften Gegenstand trage; dieser Veilchenstock würde Ihr Kleid verderben oder Ihre Händchen beschmutzen, an mir ist, wie Sie wohl sehen, nichts zu verderben. Ueberdies muß Ihnen mein Alter jede Besorgniß wegen meines Vorschlags benehmen: Niemand wird vermuthen, daß ich Ihr Liebhaber sei. Gestatten Sie mir also, Ihr Träger zu sein. Das Alter muß auch seine Privilegien haben.«

Das junge Mädchen betrachtete den kleinen Greis, welcher den Blumenstock, wie ein Soldat, der das Gewehr präsentirt, im Arme hielt; sie konnte sich über das sonderbare Aeußere ihres Trägers eines Lächelns nicht erwehren, und entgegnete dann mit anmuthigem Tone:

»Wohlan! mein Herr, ich nehme es an; aber unter der Bedingung, daß Sie mir den Veilchenstock bis in mein Zimmer hinauftragen, und ich sage es Ihnen zum Voraus, ich wohne sechs Stiegen hoch.« – Wäre es auf den Thürmen von Notre-Dame, oder auf der Vendôme-Säule, wäre es selbst auf der Spitze des Obelisken oder auf der Julius-Säule, ich würde mit Vergnügen hinaufklettern, um Sie zu begleiten.«

Bei diesen Worten griff Herr Alexandrin an seinen Hut, als ob er ihn vor seiner neuen Bekannten abziehen wollte, allein er ließ es jederzeit bei der Bewegung bewenden, denn der Rand desselben war so mürbe, daß der Eigenthümer bei der geringsten Berührung befürchten mußte, nur noch den Hutkopf aufzubehalten.

Das junge Mädchen trat ihren Rückweg an, Herr Alexandrin folgte ihr oder ging vielmehr, bald hüpfend, bald springend, neben ihr her, damit sie nicht meine, er sei müde.

Das Frauenzimmer, gegen welches er sich so galant zeigte, konnte höchstens zwanzig Jahre alt sein; sie war einfach gekleidet: ein gestreiftes kattunenes Kleid, eine schwarze seidene Schürze, ein Foulard-Halstuch machten ihre ganze Toilette aus; ein Häubchen, das bis zu den Backen hereinging und die ganze Mitte des Kopfes unbedeckt ließ, vervollständigte ihr Kostüm.

War es eine Grisette, eine Arbeiterin, ein Kammermädchen oder ein Ladenmädchen?

Das war schwer zu unterscheiden; denn in Paris tragen sich so viele Leute auf die gleiche Weise, daß eine lange Gewohnheit dazu gehört, um auf den ersten Blick ihre Stellung oder ihr Gewerbe zu errathen.

Das junge Mädchen ging über den Platz vor dem Palais hinüber, die Harfen-Straße hinauf und mündete in die Mathurins-Straße ein.

Endlich hielt sie vor einem Hause, das so alt war, wie das Quartier, und sagte, während sie in einen Hausgang eintrat, der so schwarz war wie das Haus, zu ihrem Begleiter:

»Hier, mein Herr, nehmen Sie sich in Acht, der Hausgang ist finster und die Treppe schlüpfrig, wenn man aber einmal das Geländer erfaßt hat, ist man außer Gefahr.«

Der kleine Alte dachte jetzt vielleicht doch, er habe seine Galanterie etwas zu weit getrieben.

Indessen ging er doch vorwärts. Er hielt in seiner Linken immer das fest an seine Brust gepreßte Veilchenstöckchen, während er mit der Rechten das gepriesene Geländer zu finden suchte, welches ihm in diesem Labyrinthe, das man eine Treppe zu nennen beliebte, als Leitfaden dienen sollte.

Das junge Mädchen ging stets voraus und stieg die Treppen mit der durch die Gewohnheit erlangten Sicherheit hinauf, indeß der ihr nachfolgende Alte sich alle Augenblicke an die Mauer stieß.

»Es ist ein wenig hoch, mein Herr; man muß hundertundvierzehn Tritte hinauf!« sagte die Jungfrau, sich gegen ihren Begleiter zurückwendend.

»Ich zähle die Stufen nicht lange,« entgegnete Herr Alexandrin; »aber lieb würde es mir sein, wenn wir bald oben wären.«

»Hier ist mein Zimmer ...«

Drittes Kapitel

Damit schloß das junge Mädchen eine Thüre auf, und man trat in ein äußerst einfach möblirtes Stübchen ein, wo man sicher nicht einen einzigen überflüssigen Gegenstand gefunden hätte, in dem aber Alles ordentlich aufgeräumt, abgestäubt und sehr reinlich war.

Die Bewohnerin des Zimmers beeilte sich nun, den alten Herrn, der den Veilchentopf noch immer im Arme hatte, von demselben zu befreien, stellte ihm einen Stuhl hin und sagte zu ihm:

»Nun, mein Herr, hoffe ich, daß Sie es nicht ausschlagen werden, Theil an meinem bescheidenen Mittagessen zu nehmen; ich habe Ihnen die Bedingung, so weit heraufzukommen, nur gestellt, um das Vergnügen zu haben, Ihnen dieses Anerbieten machen zu können, und Sie werden mir das Leid nicht anthun, mir diese Bitte zu verweigern. Vor allen Dingen aber will ich Ihnen, da es natürlich ist, daß man zu wissen wünscht, bei wem man sich befindet, meine Geschichte erzählen.

»Ich heiße Jenny Desgrillon, bin die Tochter rechtschaffener Handwerksleute, die mich das Coloriren erlernen ließen, eine Beschäftigung, welche ich noch heute treibe; vor drei Jahren hatte ich aber das Unglück, meine Eltern zu verlieren.

»Vor ihrem Tode empfahlen sie mich noch angelegentlichst einem ihrer Freunde, dem Herrn Spezereihändler Benoît. Dieser Herr Benoît hat einen Sohn, den Herrn Fanfan, welcher mir die Cour macht und mich heirathen will.

»Ich gestehe Ihnen jedoch, daß ich durchaus keine Liebe für Herrn Fanfan fühle, daß ich nicht im mindesten darnach trachte, Spezereihändlerin zu werden, sondern daß ich im Gegentheil eine entschiedene Neigung für's Theater in mir empfinde.

»Ja, mein Herr, ich möchte Schauspielerin sein, Rollen spielen, vor dem Publikum auftreten, den Beifall der Menge verdienen, schöne Kostüme anhaben, heute Fürstin, morgen Bäuerin, bald Engländerin, bald Polin sein; die Liebeserklärung eines jungen Ritters, der sich aus Leidenschaft für mich tödten will, oder ein artiges, in Musik gesetztes Compliment eines eleganten Herrn anhören, der mir nach der Melodie aus *dem Ueberbringer einen Kuß* oder aus *der Doktor und Apotheker* schwört, daß ich reizend sei.

»O, das muß ein Glück sein! Davon träume ich wachend, während ich meinen *Ritter Blaubart* oder meinen *Kleinen Däumling* illuminire. Wie kann man aber Schauspielerin werden, wenn man Niemand kennt, als die Familie Benoît, welche, was das Theater anbetrifft, nur an chinesischen Schattenspielen oder Wachsfiguren Gefallen findet!

»Ach, mein Herr, Sie sehen wohl, daß ich Rathes und Schutzes bedürftig bin; Ihr Alter und Aeußeres haben mir so viel Zutrauen eingeflößt, daß ich auch Ihre Ansicht hierüber hören möchte.« – »Fräulein,« erwiderte Herr Alexandrin, nachdem er das junge Mädchen, ohne sie zu unterbrechen, angehört hatte, »Ihr Zutrauen schmeichelt mir; da aber ein Vertrauen das andere werth ist, so will ich Ihnen auch gleich sagen, wer ich bin.

»Ich heiße Triptolomäus Erasistratus Alexandrin, mein Großvater war Schulmeister, mein Vater Notar. Ich gebe Unterricht im Schreiben und Versmachen zu zwanzig Sous die Marke; das ist billig, und doch schreibe ich eine hübsche Hand! Allein die Stahlfedern haben uns einen bedeutenden Schaden zugefügt; mit diesen nimmt sich nun Jedermann heraus, zu schreiben, ohne den geringsten Begriff von Cursiv-, Mittel- oder geschobener Schrift zu haben.

»Ich hätte mich übrigens anständig durchbringen können und wäre nicht genöthigt gewesen, meine Kleider so lange zu tragen, wenn ich nicht auch eine unselige Leidenschaft gehabt hätte, die mich oft zur Vernachlässigung meiner Schüler verleitete ... und diese Leidenschaft, Fräulein, ist ebenfalls die für's Theater. – »Wie, mein Herr, Sie möchten Schauspieler sein?« fragte das junge Mädchen, mit Mühe ein etwas spöttisches Lächeln unterdrückend, welches ihr wahrscheinlich die Gestalt des kleinen Männchens abnöthigte. – »Nein, Fräulein, Schauspieler gerade nicht, sondern Autor, Dichter ... Letzteres bin ich eigentlich bereits, denn ich habe schon wenigstens dreißig Stücke, sowohl Dramen als Vaudevilles und Trauerspiele geschrieben; aber keinem ist noch die Ehre der Aufführung zu Theil geworden, und doch wäre es zum Erstaunen, mein liebes Kind, wenn unter meinen dreißig Stücken sich nicht wenigstens *ein* Meisterstück befände.

»Allein man stößt mich zurück, man weist mich ab, man gibt mir kein Gehör; die Verbindungen und die Eifersucht meiner bevorzugten Collegen hindern mich, bis zu den Direktoren zu dringen. Das ist mir aber einerlei, ich lasse mich nicht irre machen, ich folge fortwährend meiner Neigung: ich dichte, ich mache Verse und Lieder! Ich finde in den geringfügigsten Dingen den Gegenstand zu einem Theaterstück ... in zwei Chaisen, die ineinander fahren ... in einem Dachziegel, der auf einen Vorübergehenden herabfällt ... in einem Stadt-Sergeanten, der einem Diebe nachläuft ... in einem Manne, der sein Weib betrügt ... in einem Weibe, das ihren Mann *nicht betrügt,* kurz, in Allem! ... Ich sende an alle Theater, von der großen Oper bis zum Petit-Lazary, von Bobino bis zur Renaissance, Manuskripte.

»In einem Monate oder in sechs Wochen werden vielleicht acht Stücke von mir einstudirt, und als ich Sie, Fräulein, zum ersten Mal erblickte, als ich Ihr liebliches, schelmisches, geistreiches Gesichtchen zu bewundern Gelegenheit hatte, dachte ich gleich bei mir: Was gäbe das für eine reizende Liebhaberin! wie gut würde sie zu einer Molière'schen Zofe passen! wie köstlich sich als Page ausnehmen! Und ich will Ihnen nicht verhehlen, daß mich dieser Gedanke hauptsächlich zu dem Antrage bewogen hat, Ihr Veilchenstöckchen zu tragen. – »Wie, Herr Alexandrin, Sie sind Autor?« – Insofern man es sein kann, ohne daß Etwas von Einem gedruckt ist. – »Ach! wie froh bin ich, Ihnen begegnet zu sein, Herr Alexandrin! Sie müssen mir Deklamations-Unterricht geben und mich Rollen einstudiren lehren.« – Recht gern, liebes Kind; ich kann meinen Racine, Voltaire, Molière, Picard auswendig. – »Mir sind nur die Stücke von Victor Ducange und Herrn Scribe bekannt, ich habe aber ein vorzügliches Gedächtniß, ich würde die längste Rolle in einer Nacht lernen!« – Ich werde Ihnen meine dreißig Stücke vorlesen, liebes Kind, wählen Sie davon die Rollen aus, die Ihnen am besten gefallen, und ich studire sie dann mit Ihnen ein.«

Zwischen einem Theaterdichter und einer angehenden Schauspielerin ist bald Bekanntschaft gemacht.

Der Dichter war zwar ein wenig alt und die Schauspielerin ein wenig jung, aber die Erfahrung des Einen sollte der Unerfahrenheit der Andern an die Hand gehen. Man setzte sich, entzückt, sich kennen gelernt zu haben, zu Tische.

Während des ganzen Essens deklamirte die hübsche Jenny, was ihr aus verschiedenen Rollen im Gedächtniß geblieben war, und Herr Alexandrin wurde nicht müde, ihr umständlich die Verwickelungen seiner Stücke zu erzählen; Keines hörte auf das Andere, aber sie waren ganz vergnügt, sich selbst zu hören ... Auf diese Weise unterhält man sich fast immer in der Welt.

Gegen das Ende der Mahlzeit trat ein junger Mann in's Zimmer, der ein mit dürren Zwetschen angefülltes Säckchen in den Händen hatte.

Das war Herr Fanfan Benoît, welcher der jungen Coloristin, in die er verliebt war, seine Aufwartung machen und ihr mit einem Pfund dürrer Zwetschen seine Huldigung darbringen wollte.

In dem Augenblick jedoch, als der junge Gewürzkrämer bei der hübschen Coloristin eintrat, hatte diese, welche kürzlich auf einem Theater des Weichbildes einer Aufführung von Paul und Virginie beigewohnt, den alten Schreiblehrer beim Arme ergriffen und zog ihn durch das Zimmer, einen aufgespannten Regenschirm über ihm und sich haltend, um die Scene des Gewitters nachzuahmen, während dessen sich Paul und Virginie unter dem Kleide der Letztern bergen.

Herr Fanfan Benoît blieb einen Augenblick erstaunt stehen, Fräulein Jenny in einer Ecke ihrer Stube mit einem Manne unter einem Regendache zusammengekauert zu sehen; er blickte an die Decke hinauf, näherte sich ihr besorgt und fragte: »Regnet es bei Ihnen herein, Fräulein?«

Statt aller Erwiderung riß der alte Schreibmeister, von dem Geiste seiner Rolle durchdrungen, das junge Mädchen auf die entgegengesetzte Seite der Stube und rief aus: »Das ist Herr von la Bourdonnaye! Er kommt, um Dich wegzuführen, Virginie! man soll Dich aber meinen Armen nicht entreißen!«

Herr Fanfan Benoît starrte diese Scene mit einfältiger Miene an; aber das Alter der Person, die sich mit Fräulein Jenny unter einem Regenschirme verbarg, hatte bereits die Besorgnisse des jungen Spezereihändlers verscheucht, und da er keinen Nebenbuhler in diesem Herrn befürchtete, den er zum ersten Male sah, wartete er ruhig die Entwicklung dessen, was vor seinen Augen vorging, ab.

Als endlich der Auftritt aus Paul und Virginie zu Ende war, trat die junge Coloristin Herrn Fanfan Benoît entgegen und stellte ihm den alten Herrn mit den Worten vor:

»Ich stelle Ihnen hier den Herrn Autor Alexandrin vor.«

Der junge Spezereihändler sah mit großen Augen die abgenützten Kleider des alten Herrn an und murmelte: »Autor ... ah! Autor ... Womit handelt man, wenn man Autor ist?«

Fräulein Jenny schlug ein gellendes Gelächter auf und sagte: »Diese Frage riecht recht nach Ihrem Spezereikram! Aber seien Sie ruhig, ein Autor ist kein Concurrent, er handelt nicht mit Käse ... höchstens liefert er zuweilen das *Papier* dazu!«

»Nein mein Herr,« versetzte der alte Alexandrin, sich dem Jünglinge nähernd und mit seinen Fingern in den Zwetschensack langend, den Herr Fanfan Benoît offen hinbot, »nein, ein Autor handelt mit Nichts! Ich habe wenigstens noch kein einziges meiner Werke verkauft; aber ein Autor verschafft seinen Mitbürgern tausend Genüsse: er versetzt sie in süße Träumereien ... macht sie lachen oder weinen, kurz, er unterhält sie. Das Schlimmste, was er thun kann, ist, sie einzuschläfern, aber selbst dann verschafft er ihnen noch einen Genuß, denn es ist eine köstliche Sache um den Schlaf. Sie sehen hieraus, daß ein Autor ein herrlicher, ein fast göttlicher Mann ist. Auch baute man ihnen ehemals Altäre! In gegenwärtiger Zeit ziehen sie vor, sich Häuser und Landgüter zu kaufen, das ist nicht so ruhmvoll, aber solider.« – So, sie kaufen Häuser und Landgüter!« entgegnete Fanfan Benoît, fortwährend auf den durchlöcherten Rock des kleinen Greises schauend; »dann muß das ein gutes Gewerbe sein; wenn ich das gewußt hätte, hätte ich es auch erlernt. Gleichviel, Fräulein Jenny, hier ist ein Pfund dürre Zwetschen erster Qualität, die ich Ihnen im Auftrage meines Vaters zu überbringen habe ... sie sind von Tours und ganz zuckersüß ... er läßt Sie auf morgen Mittag zum Essen einladen, um wegen unserer Verheirathung mit Ihnen zu sprechen, weil er diese Angelegenheit beendigt wissen, sich vom Geschäfte zurückziehen und mir seinen Laden und Waarenlager übertragen möchte. – »Herr Fanfan,« antwortete das junge Mädchen, mehrere Bilder zusammenrollend, welche die Mährchen *von meiner Mutter Gans* zu illustriren bestimmt waren, »wenn Sie Ihr Herr Vater aus diesem Grunde schickt, so haben Sie sich überflüssige Mühe gemacht; ich will weder Sie noch Ihre Zwetschen. Ich werde keine Spezereihändlerin, ich werde Schauspielerin! Statt mein Leben in einem Laden zuzubringen, wo ich den Mägden des Quartiers Geld herausgeben muß, werde ich auf einem Theater glänzen! Ich werde belorgnettirt, beklatscht, bewundert, angebetet werden; man wird in allen Zeitungen von mir sprechen ... Ach! bedenken Sie, welcher Genuß, welcher Ruhm! Mein Name wird auf den Zetteln stehen, und ich werde ihn hundertmal des Tags an allen Straßenecken lesen können ... Dieser Herr hier, der sich darauf versteht, hat mir gesagt, daß ich ein für erste Liebhaberinnen, Zofen und Pagen geeignetes Aeußere habe! Er wird mir Stunden geben, mich deklamiren lehren und meine Rollen mit mir durchgehen. Ach! das ist viel schöner als Zucker und Kaffee zu verkaufen. Es ist somit entschieden ausgesprochen: ich heirathe Sie nicht.«

Nach diesen Worten nahm die junge Coloristin ihre Rolle und ging hinaus, während sie zurückrief: »Adieu, Herr Fanfan, ich will meine Arbeit forttragen und drei Stücke kaufen, in welchen ich spielen will. Herr Alexandrin, warten Sie so lange: Sie müssen mir meine erste Stunde geben.«

Viertes Kapitel

Das junge Mädchen war fort, der junge Mann blieb starr wie eine Bildsäule stehen und der alte Alexandrin holte indessen Zwetsche um Zwetsche aus dem Säckchen, wobei er zu ihm sagte:

»Mein lieber Freund, man muß sich seiner Bestimmung nie widersetzen; wenn man eine entschiedene Neigung zu einer Sache hat, so beweist das auch ein großes Talent dafür. Betrachten Sie mich selbst! ich bin zum Autor geboren ... und wäre ich nicht, um mein Leben zu fristen, genöthigt, Schreibstunden zu geben, so wäre mein Name bereits berühmt, allein das wird noch kommen!

»O die schönen Künste! Der Künstler muß sich von dem Feuer hinreißen lassen, welches in seinen Adern rollt; außerdem: *naturam expellas furca, tamen usque recurret* ... Allein, entschuldigen Sie, ich spreche lateinisch mit Ihnen und das ist nicht Ihre Sache ... Ihre Zwetschen sind vortrefflich, ich könnte ein Pfund davon essen, ohne daß ich es merkte.«

Der junge Gewürzkrämer merkte auch nicht, daß man seinen Sack leerte, er hörte kaum, was der alte Herr zu ihm sagte; durch Fräulein Jenny's Erklärung niedergeschmettert, war er lange nicht im Stande, ein Wort hervorzubringen.

Nachdem er endlich einen schweren Seufzer ausgestoßen und seine Augen mit der Hand ausgewischt hatte rief er aus: »Möge sie glücklich sein, das ist mein innigster Wunsch ... Ich war der Meinung, sie hätte es an der Spitze eines guten, vorteilhaften Handelsgeschäftes werden können, da sie aber keine Lust dazu hat, kann sie es halten wie sie will. Leben Sie wohl mein Herr!«

Damit entfernte sich der junge Fanfan Benoît rasch, zum großen Bedauern des alten Poeten, der dem Zwetschensack gerne noch mehr zugesprochen hätte. Fräulein Jenny kehrte bald wieder zurück; sie brachte mehrere Theaterstücke, suchte Rollen aus und recitirte die ihr bereits bekannten; endlich gab ihr der alte Alexandrin die erste Stunde und verließ sie mit dem Versprechen, am folgenden Tage wieder zu kommen, um mit dem Unterrichte fortzufahren.

Der kleine Greis hielt sein Versprechen; vierzehn Tage lang ging er alle Morgen zu der jungen Coloristin, welche *Cendrillon* und den *ewigen Juden* zu illuminiren vernachlässigte, um Vaudevilles und Dramen einzustudiren.

»Es wird schon gehen,« sprach der alte Schriftsteller, »Sie machen Fortschritte; Ihre Aussprache bessert sich, Sie drücken mehr Feuer, mehr Empfindung aus! Noch ein Jahr Unterricht und Sie werden im Stande sein, in der Straße Chantereine zu debutiren; dort beginnt jetzt aller dramatische Ruhm seine Laufbahn.« – »Noch ein Jahr!« rief Jenny aus, »ach! das ist zu lang, so lang will ich nicht warten ... Ein Jahr! warum soll denn aber die Zeit meines Auftretens so weit hinausgeschoben werden?« – »Nehmen Sie sich in Acht, mein Kind; durch Voreiligkeit könnten Sie Ihre Zukunft auf's Spiel setzen.« – Haben Sie nicht selbst gesagt, ich hätte ein für das Theater passendes Aeußere? – »Ja, Ihr Aeußeres ist sehr empfehlend; das genügt aber noch nicht! Schönheit macht bei einer Schauspielerin viel aus, aber sie ersetzt das Talent nie ganz. Ich könnte Ihnen zum Belege meiner Behauptung eine Masse Beispiele anführen, aber ich unterlasse es, weil ich mich mit keiner Schauspielerin schlecht stellen will, besonders mit keiner hübschen.«

Fräulein Jenny setzte ein großes Vertrauen in sich und hielt sich bereits für ebenso stark wie ihren Lehrer, als der alte Alexandrin, welcher eines Tages von einem heftigen Rheumatismus ergriffen wurde, sich genöthigt sah, das Zimmer zu hüten, statt Stunden zu geben.

Ein Monat verstrich, ohne daß es dem kleinen Greise möglich gewesen wäre, sein bescheidenes Logis zu verlassen. Glaubet aber nicht, daß diese Zeit dem armen Schreiblehrer lange geworden wäre: in einem abscheulichen Lehnsessel von Stroh in der Ecke eines Kamines sitzend, der rauchte statt zu heizen, machte der alte Alexandrin Entwürfe zu allen möglichen Stücken, verfertigte Verse, schrieb Scenen oder dichtete ein Lied.

Die Musen verließen ihn nicht, sie leisteten ihm treu Gesellschaft, und in ihrer Nähe langweilt man sich nie. Nähren sie auch nicht immer den Leib, so beschäftigen sie doch den Geist, und selbst diejenigen, die von ihnen am meisten mißhandelt werden, fühlen sich noch glücklich, in einiger Gemeinschaft mit ihnen zu stehen; es sind

Geliebte, welche oft strenge gegen uns verfahren, obgleich wir ihnen die größten Opfer bringen, die wir uns aber deßhalb doch nicht entschließen können, zu verlassen, da selbst in den Qualen, die sie uns verursachen, noch Reiz für uns liegt.

Sobald Herr Alexandrin wieder im Stande war, aus dem Hause zu gehen, begab er sich in die Harfen-Straße in die Wohnung der hübschen Coloristin.

Er sehnte sich nach dem Anblicke seiner Schülerin, von welcher er seit seiner Krankheit nicht hatte sprechen hören; er konnte übrigens das junge Mädchen hinsichtlich seiner nicht der Gleichgültigkeit anklagen, denn da er nie daran gedacht hatte, ihr seine Adresse zu geben, so war es ihr unmöglich gewesen, sich nach seinem Befinden zu erkundigen.

Herr Alexandrin stieg die sechs Stockwerke hinauf; das Haus hatte keinen Portier, er mußte also auf's Gerathewohl selbst nachsehen, ob er Jemand treffe. Er klopfte an Jenny's Thüre an.

Man machte auf, aber statt der jungen, hübschen Coloristin trat ein dürrer Mann in einer Schürze an die Thüre, der ein Paar Beinkleider und eine Nadel in der Hand hatte.

»Was wünschen Sie?« fragte der dürre Mann, den alten Alexandrin. – »Was ich wünsche ... ei! der Tausend, die Bewohnerin dieses Zimmers möchte ich sprechen.« – »Frau! komm einmal da her, da ist ein alter Mann, der Dich zu sprechen wünscht; Hast Du ihm vielleicht während meiner Abwesenheit ein Paar Hosen oder einen Rock angemessen? Er scheint in der That eines neuen Anzuges zu bedürfen.«

Ein altes, unfreundliches Weib näherte sich hierauf der Thüre, betrachtete den kleinen Greis und rief aus:

»Ich kenne diesen Herrn nicht und habe ihn nie gesehen. Was will er von mir? Was verlangen Sie, mein Herr?«

Herr Alexandrin ist ganz bestürzt, er besieht noch einmal die Thüre und Treppe und murmelt:

»Bin ich denn nicht hier im sechsten Stocke?« – »Doch, allerdings, und zwar beim Schneider Witschmann, Mannsschneider für neue und alte Kleider. Was wünschen Sie gemacht zu haben?« – »Ei der

Tausend, ich begreife gar nicht: als ich vor ungefähr einem Monat hier war, bewohnte ein junges Frauenzimmer, eine Coloristin Namens Jenny, diese Stube.« – »Ach ja … es ist richtig, vor einem Monat wohnte Jemand anders hier, jetzt aber ich, der Schneider Witschmann; nun! brauchen Sie einen Ueberrock, einen Frack?« – »O! gewiß würde mir ein Ueberrock oder ein Frack ganz gut anstehen, aber ich wiederhole Ihnen: ich suche keinen Schneider, sondern Fräulein Jenny, die Coloristin.«

– »Sie hören ja, daß Sie schon seit wenigstens vierzehn Tagen ausgezogen ist.« – »Wo logirt sie denn jetzt? Sie hat doch gewiß ihre Adresse zurückgelassen; junge Mädchen haben ja keine Schulden, sie können also ungescheut angeben, wo sie hinziehen.« – »Es ist wahr, sie hat sie zurückgelassen. Frau, wo hast Du die Adresse des jungen Mädchens hingethan, welches früher hier wohnte?« – »Wie … was? … habe ich diese Adresse gehabt?« – »Ich hatte sie auf eine Karte, auf die Carreau-Dame geschrieben, ich erinnere mich genau.« – Auf die Carreau-Dame? o weh! die habe ich gestern der Toni zum Spielen gegeben; sie hat einen Kapuziner daraus gemacht und diesen dann verbrannt.« – »Sie hören, mein Herr, daß unsere Tochter einen Kapuziner aus der uns gegebenen Adresse gemacht hat … es thut mir sehr leid! dies hindert mich aber nicht, Ihnen einen gutconditionirten Rock zu machen, wenn Sie es wünschen.« – »Nein, ich will keinen!« rief der alte Lehrer ärgerlich, die Treppe hinabgehend, aus. »Wenn man eine Adresse hat, verliert man sie nicht und gibt sie auch nicht seinem Kinde, daß es einen Kapuziner daraus macht … Wo soll ich jetzt meine Schülerin finden? Dieses Paris ist so groß! Das arme junge Mädchen! Ohne meinen Unterricht wird sie keine Fortschritte machen; das ist recht Schade! Ich interessire mich für diese hübsche kleine Jenny so sehr. Der Teufels-Schneider! … warum gab er auch die Carreau-Dame seinem Kinde?«

Der kleine Greis suchte einige Erkundigungen in dem Quartier einzuziehen; aber in Paris sind vierzehn Tage vierzehn Jahrhunderte! Die Zeit führt dort so schnell Veränderungen, neue Ereignisse und Glückswendungen herbei, daß eine Person, welche man seit vierzehn Tagen nicht gesehen hat, oft schon ein vergessenes Wesen ist, dessen man sich kaum mehr erinnern kann.

Da der alte Schreiblehrer nicht erfahren konnte, was aus der hübschen Coloristin geworden war, so dachte er bei sich: »Wir wollen die ganze Sache als einen Traum ansehen und nicht mehr an dieses junge Mädchen denken; wenn Etwas vollständig vorbei ist, kann man es immer wie einen Traum betrachten!«

Fünf weitere Monate verstrichen, während welcher der kleine Greis fortfuhr, zu seinem Lebensunterhalte Schreibstunden zu geben, und in seiner übrigen Zeit zur Unterhaltung Theaterstücke zu dichten.

Allein seine Leidenschaft für die schönen Wissenschaften störte seine Vorliebe für die Blumen keineswegs, und das Veilchen war ihm immer die liebste; auch vertrug sich diese Neigung am besten mit der Mäßigkeit seiner Mittel, und er konnte ihr somit am leichtesten Genüge leisten.

Fünftes Kapitel

Eines Tages, als sich Herr Alexandrin in der Nähe des Boulevards Saint Martin befand, erinnerte er sich, daß in diesem Quartiere auch ein Blumenmarkt sei; es war gerade an einem Montage. Seine Schritte nach der Richtung des Wasserschlosses lenkend, sah er bald Myrthen, Nelken und den ganzen Blumenstaat der Jahreszeit in der Nebenallee des Boulevards ausgestellt; die Liebhaber gingen mitten unter den Töpfen und Kübeln auf und ab, und die Händlerinnen luden die Vorübergehenden zum Kaufen ein.

Herr Alexandrin trat in den zwischen den Blumen freigelassenen Weg; er folgte der Menge, stand zuweilen stille, bewunderte und athmete mit Entzücken den köstlichen Wohlgeruch einer Pomeranzen- oder Jasmin-Blüthe ein.

Bald jedoch wieder zu seiner Hauptleidenschaft zurückkehrend, spähte sein Auge nach einem Veilchenstöckchen. Endlich entdeckte er eines, und sich der Verkäuferin nähernd, wollte er ihr eben einen Preis dafür bieten, als, einige Schritte von ihm entfernt, eine ziemlich kokett gekleidete Dame stille stand und nach dem Preise eines hübschen Rosenstockes fragte.

Die Stimme dieser Dame hat Herrn Alexandrin überrascht, er nähert sich ihr, streckt den Kopf vor und erkennt unter einem modernen Hute Fräulein Jenny's hübsches Gesichtchen. Ein Ausruf der Verwunderung entfährt dem kleinen Greise.

Fräulein Jenny dreht sich um, bemerkt ihn, erkennt ihn ebenfalls und spricht:

»Was! Sie sind es, mein lieber Lehrer? ach! wie sehr freut es mich, Sie wiederzusehen. Ich hielt Sie für todt.« – »Ich kann Ihnen die Versicherung geben, daß ich noch nie die mindeste Lust gehabt habe, zu sterben; aber ich preise den Zufall, der mich wieder da mit Ihnen zusammenführt, wo ich Sie das erste Mal sah, nämlich mitten unter Blumen! Wenn ich eigentlich besser darüber nachgedacht hätte, so hätte ich Sie auch nur an einem solchen Ort suchen sollen.« – »Immer galant, mein lieber Lehrer! Ich habe Ihnen übrigens viel zu erzählen ... wollen Sie mich nach Hause begleiten?« – »Recht gerne ... Sie wohnen aber nicht mehr in der Harfen-Straße im sechsten Stocke, denn ich habe Sie vergeblich dort gesucht.« – »Nein, nur zwei Schritte von hier, auf der andern Seite des Boulevards und bloß drei Treppen hoch.« – »Erlauben Sie mir dann, abermals Ihren Träger zu machen, denn Sie haben eben diesen Rosenstock gekauft«. – »Wie! Sie wollten ...« – »Es gereicht mir zum Vergnügen; ich mache immer noch Anspruch darauf, zu irgend Etwas gut zu sein.« – »Nun wohl! da Sie die Gefälligkeit haben wollen, so nehmen Sie den Rosenstock und kommen Sie mit mir.«

Herr Alexandrin nahm den Stock. Diesmal aber fiel die Gefälligkeit schwerer in's Gewicht; der kleine Greis fühlte es, während er neben seiner Schülerin einherging.

Der Rosenstock war schön und groß. Dem alten Schreiblehrer rannen von der Anstrengung des Tragens dicke Schweißtropfen über die Stirne herab und er konnte nicht umhin, folgende Betrachtungen bei sich selbst anzustellen:

»Der Teufel! sechs Monate haben, so viel ich sehe, eine bedeutende Veränderung herbeigeführt; vor allen Dingen hat man nicht mehr dieselbe Toilette. Fräulein Jenny war früher sehr einfach, nur wie eine gewöhnliche Arbeiterin gekleidet; jetzt trägt sie einen Hut, ein Kleid mit Garnirungen, einen schönen Shawl, logirt im dritten Stock und kauft ein Rosenbäumchen ... Hm! ... was ist denn seit sechs Monaten geschehen? Ich weiß zwar wohl, daß in Paris nicht so viel Zeit erforderlich ist, um große Veränderungen in der Lage einer Person herbeizuführen, besonders wenn diese Person ein junges, hübschgewachsenes Mädchen ist, schöne Augen hat, aber ...«

Fräulein Jenny hielt vor einem ansehnlichen Hause des Boulevards; sie geht hinein, Alexandrin folgt. Diesmal braucht man nicht lange im Finstern herumzutappen und ein Treppengeländer zu suchen, um den Weg zu finden; Alles ist hell und reinlich.

Man gelangt ohne Mühe in's dritte Stockwerk, und dort wird der alte Lehrer in ein recht artig möblirtes kleines Logis eingeführt.

»Stellen Sie den Rosenstock auf jenes Spiegeltischchen und setzen Sie sich in diesen Lehnstuhl,« sagte Jenny, Hut und Shawl ablegend. »Jetzt, lieber Lehrer, wollen wir miteinander plaudern. Sie werden sicher sehr erstaunt sein über die Veränderung, welche in meiner Lage vorgegangen ist! Sie werden sich aber noch mehr wundern, wenn ich Ihnen sage, daß ich Schauspielerin bei einem der benachbarten Theater bin.« – »Sie ... Schauspielerin? ... Wie, meine theure Freundin, Sie haben debutirt ... Sie sind engagirt ...« – »Ja, ja, ich bin engagirt und zwar zu naiven Rollen oder jungen Liebhaberinnen; ich darf selbst wählen.« – »Ach, mein Gott! ich kann mich von meinem Erstaunen gar nicht erholen!« – »Ich will Ihnen erzählen, wie all das gekommen ist. Wenige Tage, nachdem Sie Ihre Besuche bei mir eingestellt hatten ...« – »Ich litt an einem heftigen Rheumatismus.« – »Armer Mann! Da ich es nicht mehr aushalten konnte, theilte ich einer meiner Freundinnen mit, daß ich außerordentliche Lust hätte, auf dem Theater in der Chantereine-Straße zu debutiren. Ich wußte, daß sie einen Herrn kannte, der auch Schauspieler werden wollte und häufig einzelne Partieen in Scene setzte; sie sprach von mir, stellte mich vor, ich wurde angenommen, legte eine Probe ab, und man fand, daß ich bedeutende Anlagen habe.« – »Sie hatten also meinen Unterricht gut im Gedächtniß behalten?« – »Freilich! Endlich durfte ich auftreten, ich spielte in zwei Stücken und erntete ungeheuren Beifall. Noch am nämlichen Abend sprach ein Herr, ich glaube es war ein Zeitungsschreiber, von mir mit einem Direktor; man ersuchte mich, noch einmal zu spielen; er sah mich, kam dann zu mir und engagirte mich mit zweitausendfünfhundert Franken Gehalt ... zweitausendfünfhundert Franken! das ist hoffentlich ein hübscher Anfang, damit komme ich schon weiter als mit dem Illuminiren vom *Blaubart* und *Kleinen Däumling* ... Ach! wie wohl habe ich daran gethan, meiner Neigung zu folgen! Sie zu bitten, mir Deklamations-Unterricht zu geben ... und hauptsächlich die Hand des Herrn Fanfan Benoît auszuschlagen! Ich bin so glücklich, so zufrieden! Und wenn die Zänkereien hinter den Coulissen, die Eifersüchteleien der Colleginnen, die Bosheiten der Einen und die Verläumdungen der Andern nicht wären, so ... doch das bedeutet nichts, ich werde mich daran gewöhnen, und es bleibt dabei; die Schauspielkunst ist ein herrlicher Beruf.« – »Wohlan, meine theure Freundin, ich bin sehr erfreut, daß Sie Glück gemacht haben; aber ich gestehe Ihnen, daß es mir besonderes Vergnügen gewähren würde, Sie spielen zu sehen.« – »Ei schön! das können Sie heute Abend; ich spiele gerade in einem neuen Stücke. Sie müssen kommen ... ich werde freien Eintritt für Sie verlangen; Sie dürfen nur an der Thüre Ihren Namen nennen, und man wird Ihnen einen Platz anweisen. Sehen Sie, hier ist mein Theater, Sie können es vom Fenster aus sehen ...« –

»O! ich danke Ihnen; ich werde nicht ermangeln, mich einzufinden.« – »Und morgen früh kommen Sie zum Frühstück zu mir. Dann sagen Sie mir, ob Sie zufrieden waren und erzählen mir, was man im Theater um Sie herum über mich geäußert hat ...« – »Es soll nicht fehlen. Heute Abend werde ich Sie spielen sehen, und morgen mit Ihnen frühstücken ...«

Alexandrin verließ Jenny, indem er sich vor Vergnügen die Hände rieb; er war entzückt, seine Schülerin wiedergefunden zu haben, und versprach sich eine besondere Freude davon, sie auf den Abend spielen zu sehen.

Der alte Lehrer gönnte sich kaum Zeit zum Mittagessen, er kam schon mit der Wache und den Spritzenmännern an's Theater; es war außer ihm noch Niemand an der Thüre; demungeachtet entschloß er sich nicht vom Flecke zu gehen, um der erste in der sich bildenden Reihe zu bleiben.

Endlich wurde die Thüre aufgemacht; er ging hinein, nannte sich, man wies ihm einen Platz beim Orchester an; er war die erste Person im Saale.

Nach und nach kamen Leute. Unter denen, welche sich um ihn herum setzten, glaubte der kleine Greis ein bekanntes Gesicht zu sehen; dieses Gesicht gehörte einem jungen Mann von linkischem Benehmen und verwunderter Miene, dessen Kleidung nichts Fashionables an sich hatte. Er langte von Zeit zu Zeit Etwas aus seinem Sacke, schob es in den Mund, zerbiß es mit den Zähnen und schluckte es gleichgültig, gleichsam zu seiner Zerstreuung hinunter.

Herr Alexandrin hatte den Sohn des Spezereihändlers, Jennys Liebhaber, kurz, Herrn Fanfan Benoît erkannt, und verließ seinen Platz, um sich neben ihn zu setzen, entzückt, daß er Jemand fand, mit dem er über seine Schülerin sprechen konnte.

»Ei! junger Mann, Sie wußten also, daß sie Schauspielerin an diesem Theater ist, und Sie kommen wahrscheinlich, um sie spielen zu sehen und ihrem Triumphe beizuwohnen?« redete der kleine Greis Fanfan Benoît an.

Der junge Mann starrte den, der diese Frage an ihn gerichtet, eine Weile an und rief dann aus: »Ach, jetzt erkenne ich Sie! Ich habe Sie eines Morgens bei Fräulein Jenny getroffen, wo Sie mit ihr unter einem Regenschirm Verstecken spielten.« – Ich bin es in der That; wir spielten damals allerdings, aber nicht Verstecken, sondern eine Scene. Ich bin ihr erster Lehrer; ich habe das heilige Feuer in ihr entdeckt ... und sie bestimmt, sich dem Theater zu widmen.« – »Ah! Sie haben *ihr heiliges Feuer* entdeckt? ...« – »Das heißt, ich habe eine wahre Neigung, ein angeborenes Talent, Alles, was zur Auszeichnung gehört, an ihr bemerkt ... Was essen Sie denn da, junger Mann?« – »O! es sind nur Mandeln und Rosinen ... um sich während des Zwischenaktes die Zeit zu vertreiben.« – »Richtig, damit kann man sich die Zeit ganz gut vertreiben. Das ist amüsant ... Wir werden das reizende Mädchen spielen sehen und uns an ihrem Triumphe weiden, denn sie spielt Allem nach sehr gut. Da man aber so lange nicht anfängt, so erlauben Sie mir vielleicht, auch Theil an Ihrem *Zeitvertreib* zu nehmen?« ... – »Recht gerne, mein Herr ... Hier, greifen Sie in meine linke Tasche, geniren Sie sich nicht.«

Der Schreiblehrer genirte sich auch durchaus nicht; er langte mit einer seiner Hände in Fanfans Tasche, zog sie voll zurück und setzte, während er Rosinen und Mandeln hinunterschlang, das Gespräch fort.

»Sie haben Fräulein Jenny geliebt, junger Mann?« – »Ja, mein Herr, ich glaube, ich liebe sie noch.« – »Sie glauben nur ... wissen Sie denn das nicht gewiß?« – »Mein Gott! lieber Herr ... *ich suche es nicht gewiß zu wissen!* ...« Diese Antwort wurde von einem tiefen Seufzer begleitet.

Herr Alexandrin fühlte sich gerührt, er schnäuzte sich aber nur und fragte weiter: »Sie wollten die hübsche Jenny heirathen? ... Ihre Rosinen sind vorzüglich ... Wären Sie glücklich gewesen, sie Ihre Frau zu nennen?« – Ja, mein Herr, ich glaubte *dummer Weise*, es wäre auch ein Glück für sie. – »Dummer Weise ist etwas zu hart; da Ihnen jedoch das Wort einmal entfahren ist, so erlauben Sie mir, Ihnen entgegen zu halten, daß es mindestens Egoismus von Ihnen gewesen wäre, dieses junge Mädchen von der glänzenden Carrière abzuhalten, die sich ihr eröffnet hat. Denken Sie, wie sich in kurzer Zeit ihre Lage geändert hat: sie hat ein ganz modernes Mobiliar.« – Ah! bah! ... schon! ... Und vom Theater aus hat sie das Mobiliar erhalten?«

Herr Alexandrin gab keine Antwort; er fand, daß der junge Fanfan für einen Spezereikrämer eine sehr verfängliche Frage gethan hatte; um daher dem Gespräche eine andere Wendung zu geben, griff er noch einmal in dessen Vorrathstasche und rief aus: »Es war sehr vernünftig von Ihnen, von diesem Zeug in die Tasche zu stecken, denn man fängt sehr lange nicht an.« – Nun,« sagte Fanfan Benoît mit einem abermaligen tiefen Seufzer, »wenn es ein Glück für Fräulein Jenny ist, wenn sie in der That eine große Künstlerin werden und ihr Glück beim Theater machen wird ... so bin ich vollkommen der Ansicht, daß sie wohl daran gethan, mich nicht zum Manne zu nehmen ... aber im entgegengesetzten Falle ... – »Still, junger Mann! man hat dreimal geläutet ...«

Das Schauspiel begann. Aber Jenny spielte im ersten Stücke nicht; sie trat erst im zweiten auf; und dieses wurde zum ersten Male gegeben, und das Publikum, neugierig, das neue Stück kennen zu lernen, wegen dessen es gekommen war, schenkte aus diesem Grunde dem vorher aufgeführten sehr wenig Aufmerksamkeit.

Herr Alexandrin und sein Nachbar waren auch sehr ungeduldig, allein sie brannten nur vor Begierde, die Schauspielerin zu hören; sie konnten das Erscheinen von Jenny Desgrillon kaum erwarten.

Endlich fängt das zweite Stück an, und bald tritt Jenny auf; sie spielte die Rolle einer jungen Pächterin; ihr Kostüm war reizend, sie erschien noch weit hübscher darin.

Von allen Seiten hörte man flüstern:

»Diese Schauspielerin ist sehr hübsch ...«

»Das ist ein schönes Mädchen.«

»Sie hat einen schlechten Gang, eine schlechte Haltung,« sagten wieder Andere.

»O, das macht nichts; sie ist schön.«

Fanfan Benoît sprach kein Wort, er konnte sich aber an Jenny nicht satt sehen; was den alten Alexandrin betraf, so hüpfte dieser auf seiner Bank in die Höhe und konnte sich nicht bemeistern, bisweilen halblaut zu brummen:

»Biegen Sie doch den linken Arm besser ... halten Sie den Kopf mehr zurück ... Ach, mein Gott! sie denkt nicht an das, was ich ihr hundertmal gesagt habe: sie strecke den Hals zu weit vor und drehe sich schlecht um.«

Auf der Bühne wie im Leben gehört ein großes Talent dazu, sich gut drehen zu wissen.

Der erste Akt spielte sich ab und Jenny füllte ihre Rolle aus, aber das neue Stück war schlecht und die Schauspielerin nicht gut; öfters hatte sie nicht gehörig memorirt und wälschte zuweilen, wenn sie mit Glut und Begeisterung sprechen wollte, Alles durcheinander.

Man fing an zu murren; nach einiger Zeit pfiff man.

»Man pfeift nicht die Schauspielerin aus, sondern das Stück,« sagte der alte Alexandrin zu seinem Nachbar.

»Hm! ich weiß nicht,« entgegnete Fanfan Benoît, »aber ich meine, es sei Mamsell Jenny auch nicht recht wohl zu Muthe.«

Jenny, welche noch nicht daran gewöhnt war, die üble Laune des Publikums zu ertragen, gerieth in der That in Bestürzung, machte einen Fehler um den andern und verlor den Kopf zuletzt ganz und gar.

Es stand nicht lange an, so pfiff man an allen Enden des Saales, und der Vorhang fiel mitten unter einem ungeheuern Geschrei, wählend die Schauspielerin in Ohnmacht sinken zu wollen schien.

Herr Alexandrin sprach nichts mehr, aber Alles verließ das Schauspielhaus, und Fanfan Benoît, der mit dem alten Lehrer hinausgegangen war und neben ihm auf dem Boulevard herlief, sagte endlich zu diesem:

»Heißen Sie das Glück machen, mein Herr? Ich muß Ihnen gestehen, daß ich meines Theils Fräulein Jenny's Triumphen nicht mehr beiwohnen will; es thut zu weh! ... Wenn nur zwei oder drei Pfeifer da gewesen wären, so hätte ich sie geprügelt, um sie zum Schweigen zu bringen; allein es waren ihrer zu viele, ich hätte mich mit dem ganzen Saale herumschlagen müssen.« – Mein lieber Freund,« versetzte Alexandrin, »ich wiederhole Ihnen, daß man das Stück ausgepfiffen hat. Die arme Jenny ist nicht Schuld daran, daß sie eine abscheuliche Rolle spielen mußte! sie hat sie nicht selbst gemacht: der Verfasser des Stückes ist der Schuldige. – »O! das ist einerlei, mein Herr; ich verstehe mich nicht darauf, aber es scheint mir, daß es Mamsell Jenny sehr schwer ankam, ihre Rolle herzusagen; ich werde sicher nicht mehr ins Theater gehen, wenn sie spielt. Gute Nacht, mein Herr; es thut mir sehr leid, daß Sie das heilige Feuer in Mamsell Jenny entdeckt haben!«

Fanfan Benoît trennte sich von Herrn Alexandrin und dieser kehrte mit dem Gedanken nach Hause zurück:

»Es unterliegt keinem Zweifel, das junge Mädchen ist zu frühe aufgetreten; sie hätte wenigstens noch ein Jahr Unterricht bei mir nehmen sollen.«

Am folgenden Morgen versäumte der kleine Greis nicht, sich zu seiner Schülerin zu begeben. Er fand Jenny traurig, krank, verdrießlich; sie forderte ihn auf, sich an einen Tisch zu setzen, worauf ein Frühstück aufgetragen war, welches sie jedoch nicht berührte; während aber der alte Lehrer demselben alle Ehre anthat, überhäufte sie ihn mit Fragen.

»Was hat man gestern im Theater von mir gesprochen?« – »Man hat gesagt, das Stück tauge nichts.« – »Und von mir?« – »Man fand Ihr Kostüm allerliebst, besonders das Häubchen! Was für ein wundernettes Häubchen!« – »Aber über mein Spiel, mein Talent?« – »Man sagte: würde *das* Meiste darin gestrichen, so würde jedenfalls *weniger* gepfiffen.« – »Aber über mich? Herr Alexandrin; Sie antworten ja nie auf meine Frage.« – »Ach! meine liebe Freundin, was verlangen Sie, daß man von einer Schauspielerin sagen soll, die in einem Stück spielt, das durchfällt? Man bedauert sie, das ist Alles, was man thun kann, und man hat auch Sie sehr bedauert, besonders der arme Fanfan Benoit, Sie wissen, der junge Spezereihändler, der Sie heirathen wollte ... mit Zwetschen.« – »Wie, der war im Theater?« – »Ja, er saß neben mir. Er hatte große Lust, die Pfeifer zu prügeln, aber es waren ihrer zu viele.« – »Ach, Herr Alexandrin, welch' ein Abend! ich konnte es nicht mehr aushalten, es wurde mir dunkel vor den Augen, ich erstickte ... Ich, die bis dahin so günstig aufgenommen worden war. Ach, großer Gott! ich sehe es jetzt wohl ein, es ist nicht Alles rosig beim Theater!« – »Meine theure Freundin, wenn beim Theater Alles rosig wäre, so würde alle Welt Schauspieler werden wollen, so daß gar Niemand mehr zum Zusehen, beziehungsweise zum Auspfeifen da wäre; allein man muß Muth haben und einen Unfall ertragen können. Außerdem, glauben Sie mir, müssen Sie, im Vertrauen gesagt, noch mehr Stunden nehmen; o! das ist Ihnen unumgänglich nöthig. Manches verstehen und empfinden Sie zwar ganz gut, wissen es aber nicht darzustellen, und auf der Bühne ist es eine Hauptsache, sich deutlich und dem Charakter der Rolle gemäß auszudrücken.«

Fräulein Jenny biß sich in die Lippen, runzelte sogar die Stirne ein wenig; zuletzt entfuhren ihr einige Bewegungen der Ungeduld und sie hörte Herrn Alexandrin nur mit ganz zerstreuter Miene zu.

Nach einer Weile erhob sie sich mit den Worten:

»Entschuldigen Sie mich doch, mein lieber Herr Alexandrin, ich möchte Sie nicht gerade gehen heißen, aber ich habe diesen Morgen zu thun ... ich muß in die Probe.« – Ach! ich verstehe, man wird wahrscheinlich Veränderungen mit dem gestrigen Stücke vornehmen? – »Ja; wohl möglich.« – In diesem Fall Adieu, meine theure Schülerin; ich verlasse Sie. Wann wünschen Sie, daß ich wiederkomme, um die Stunden fortzusetzen? – »Ich weiß nicht genau. Uebrigens habe ich ja jetzt Ihre Adresse, und werde es Ihnen sagen lassen, sobald ich Zeit habe.« – Ganz gut. Auch werde ich selbst wieder einen Besuch bei Ihnen machen. Sie erlauben es doch? – »Ganz gewiß. Auf Wiedersehen, Herr Alexandrin.«

Damit entließ die junge Schauspielerin den Greis, der wieder vergnügt die Hände reibend, nach Hause zurückkehrte, weil er vortrefflich gefrühstückt hatte, und sich mit der Hoffnung schmeichelte, daß er, wenn er Jenny nun wieder unterrichte, öfters so frühstücken werde. Herr Alexandrin war ein wenig Gourmand; ein gewöhnlicher Fehler der Poeten.

Acht Tage verstrichen, der alte Lehrer erwartete täglich, daß Fräulein Jenny zu ihm schicken und ihn zum Unterrichtertheilen rufen lassen werde, da er aber nichts von seiner Schülerin erfuhr, entschloß er sich, sie aufzusuchen.

Er frug den Portier nach Fräulein Jenny Desgrillon, und dieser entgegnet ihm, nachdem er den kleinen Greis eine Zeit lang betrachtet hatte:

»Fräulein Jenny ist nicht zu Hause.« – Dann werde ich ein anderes Mal wiederkommen; wollen Sie aber so gut sein und ihr sagen, daß Herr Alexandrin da gewesen sei und mit Ungeduld auf Nachricht von ihr warte; verstehen Sie mich, mit größter Ungeduld.«

Der Portier gab kaum Antwort. Diese Leute sind nicht gewöhnt, gegen *abgetragene Kleider* höflich zu sein.

Herr Alexandrin entfernte sich mit dem Gedanken: »Ich bin überzeugt, daß sie mich morgen holen lassen wird.«

Aber der folgende Tag verging wie die früheren.

Der alte Schriftsteller kehrte noch mehrmals zu seiner ehemaligen Schülerin zurück, allein der Portier entgegnete ihm stets:

»Madame ist ausgegangen,« oder »Madame ist nicht zu sprechen.«

Der alte Alexandrin besaß Charakterstolz, und erwiderte dem Portier eines Tages mit Aerger:

»Fräulein Jenny sollte für mich, ihren Lehrer, für mich, der ihre ersten dramatischen Studien geleitet hat, und der aus dieser jungen Person, wenn sie seinem Rathe gefolgt, eine zweite *Mars* oder *Georges* gemacht hätte, stets zu sprechen sein. Sagen Sie Fräulein Jenny, Portier, daß ich von nun an nicht mehr bei ihr erscheinen werde; sie hat, wenn sie mich zu sprechen wünscht, meine Adresse, und kann zu mir kommen; man vergibt sich nichts, wenn man mich besucht.«

Statt aller Antwort warf der Portier sein Logenfenster dem kleinen Greise vor der Nase zu, und dieser kehrte, ohne sich diesmal die Hände zu reiben, mit folgendem Selbstgespräch heim:

»O die Weiber! die Weiber! Cato behauptete: Klugheit und Vernunft seien mit ihrem Geist unvereinbar, und Catullus ist der Ansicht, daß die Eide der Schönen in den Hauch der Winde und auf die Oberfläche der Wellen gegraben seien. Von nun an bin ich der Meinung Catulls und Catos. Ich hätte mich auch an jene Strophe Virgils erinnern sollen, die ich so oft wiederholt habe: *Varium et mutabile semper femina!* (Unbeständig und veränderlich ist stets das Weib.) Aber man lernt diese Sachen mechanisch auswendig, und das Herz denkt nichts dabei.«

Die Zeit verfloß; Herr Alexandrin hörte nicht mehr von Fräulein Jenny sprechen.

Dem Entschluß, den er gefaßt hatte, getreu, ging er nicht mehr zu ihr; da aber der kleine Greis in seinem Innern stets Interesse an dieser jungen Person nahm, so sah er jedesmal, so oft er ausging, auf allen angeschlagenen Theaterzetteln nach, zuerst natürlich auf dem des Theaters, an welchem Jenny engagirt war, ob er nicht den Namen derjenigen finde, die er noch seine Schülerin nannte.

Aber der Name der Jenny Desgrillon befand sich nie unter denen der andern Schauspielerinnen.

»Das ist doch sonderbar!« dachte Alexandrin; »sie spielt, wie es scheint, jetzt sehr selten, oder ist sie vielleicht bei einem andern Theater?«

Dann hatte der alte Lehrer Geduld genug, alle Namen auf den Theaterzetteln der übrigen vielen Bühnen durchzulesen, aber der Name Jenny's Desgrillon war auf keinem.

»Sie hat wahrscheinlich einen Theater-Namen angenommen,« sagte sich zuletzt Alexandrin; »sie wird den ihrigen zu einfach gefunden haben. Arme Kleine, nicht der Name macht das Talent, sondern das Talent verherrlicht den Namen. Sie hätte sich daran erinnern sollen, daß der Name *Jenny* Glück bringt auf dem Theater, und daß zwei Schauspielerinnen dieses Namens mit vollem Rechte den Beifall des Publikums erworben haben.«

Sechstes Kapitel

Sechs Monate verstrichen abermals, Herr Alexandrin dachte manchmal an die hübsche Jenny in der Harfen-Straße, welche er der vom Boulevard Saint-Martin vorzog, aber er las die Theaterzettel nicht mehr so eifrig.

Eines Tages, nachdem der alte Schreibmeister einige Lektionen in der Mittel- und Cursivschrift gegeben hatte, dehnte er seinen Spaziergang längs der Boulevards aus und kam bis zum Blumenmarkte bei der Magdalenen-Kirche.

Er bewunderte diesen hübschen, geräumigen, vor Gefährten geschützten Promenade-Platz, aber er war erstaunt, so wenig Leute auf dem Markte zu sehen, wo es allerdings weniger Blumen gab, als auf dem Kai, der übrigens doch noch gut genug versehen war, um manchen Blumenkorb oder Blumentisch zu zieren.

Herr Alexandrin ging schon einige Zeit auf dem Magdalenen-Markte auf und ab, und suchte, nachdem er einige kostbare Stauden bewundert hatte, wie gewöhnlich ein Veilchenstöckchen.

Aber auf dem Magdalenen-Markte sind die einfachen Blumen rar, und der alte Lehrer hatte den gesuchten Gegenstand noch nicht gefunden, als eine elegante Kalesche in der Nähe des Marktes hielt, eine junge, prachtvoll gekleidete Dame ausstieg und unter den Blumen herumspazierte.

Die junge Dame, deren Züge ein italienischer Strohhut etwas verdeckte, blieb zuweilen vor den Händlerinnen stehen, schien jedoch nichts zu finden, was schön genug gewesen wäre, ihre Wahl zu fesseln.

Endlich zog eine herrliche Camelie die Blicke der eleganten Dame auf sich, und sie näherte sich, um sie zu kaufen; der alte Alexandrin stand eben dicht bei der Camelie, hinter welcher er ein einfaches Veilchenstöckchen bemerkt zu haben glaubte. Plötzlich dringt ihm eine wohlbekannte Stimme an's Ohr, er wendet sich um, sieht die elegante Dame an und stößt einen Schrei der Verwunderung aus: er hatte Jenny Desgrillon erkannt.

Auch das junge Frauenzimmer hat den kleinen Greis erkannt, sie lächelt ihm zu und reicht ihm die Hand mit den Worten:

»Es scheint, daß wir uns auf allen Blumenmärkten von Paris treffen müssen.« – Ja, man könnte glauben, dies stehe in dem Buche unseres Schicksals geschrieben. – »Ich wette, Sie wollten wieder Ihr Veilchenstöckchen kaufen,« sagte Jenny lächelnd.

– »Das war in der That meine Absicht; ich bin beständig ... aber Sie ... Sie kaufen heute eine herrliche Camelie; ich kann Ihnen die Blume Ihrer Wahl nicht mehr streitig machen ... wir handeln nicht mehr um denselben Gegenstand! Aber ich sehe, daß es Ihnen immer geht, wie dem Vogel im Hanfsamen.– »Mein lieber Herr Alexandrin, Sie sind sicher böse auf mich, und ich gestehe auch in der That, daß ich Unrecht gehabt habe. Wollen Sie Frieden mit mir schließen?« – Man grollt nie in die Länge mit einem hübschen Frauenzimmer; erlauben Sie mir, Ihre Camelie zu tragen. Sie wissen, das ist mein Amt.– »Ich willige ein unter der Bedingung, daß Sie in meinen Wagen sitzen und mit mir nach Hause fahren.«

Statt aller Antwort nimmt das kleine Männchen die Camelie, welche sich in einem schönen Topfe befand; die Last war etwas schwer für einen Mann in Herrn Alexandrins Alter, aber der Ehrgeiz verdoppelte seine Kräfte, und der kleine Greis setzte einen Ehrgeiz darein, abermals Fräulein Jenny's Träger zu sein.

Zum Glück für Herrn Alexandrin stand die Kalesche nur einige Schritte entfernt.

Man erreicht den Wagen, das junge Frauenzimmer steigt ein, der Greis scheint einen Augenblick unentschlossen; aber Jenny streckt ihm die Hand entgegen, ein Lakai nimmt ihm die Camelie ab und hilft ihm beim Einsteigen. Der arme Lehrer weiß gar nicht recht, wie ihm zu Muthe ist, als er in einer glänzenden Equipage davon rollt und neben einer Dame mit Federn und einem Caschemir sitzt.

Man langt bald vor einem schönen Hause der Straße d'Antin an; der Wagen fährt in den Hof. Diesmal trägt ein Lakai die Camelie, worüber Herr Alexandrin nicht im Mindesten ärgerlich ist, und er folgt der hübschen Dame, die ihn in ein Logis im ersten Stockwerk führt. Hier ist Alles kokett, elegant, prachtvoll.

Nachdem man einen luxuriös möblirten Salon durchschritten, kommt man in ein mit Seide und Caschemir ausgeschlagenes Boudoir, wo reiche Vorhänge die Thüren verhüllen und große Spiegel Alles vervielfältigen, was im Zimmer vorgeht.

Jenny gibt dem kleinen Greise einen Wink, sich neben sie auf einen Divan zu setzen, und Herr Alexandrin, der nicht müde wird, die prachtvolle Umgebung zu bewundern, setzt sich nur auf den Rand des Divans und murmelt:

»Ei, aber! ... es ist herrlich ... prunkvoll hier! bei welchem Theater sind Sie jetzt angestellt, mein theures Fräulein Jenny?«

– Vor allen Dingen bin ich nicht mehr Fräulein Jenny; man heißt mich jetzt Frau von Saint-Eugène, dieser Name ist passender. – »O! o! Frau von Saint-Eugène! das hat freilich einen bessern Klang.« – Dann bin ich nicht mehr auf dem Theater, ich bin keine Schauspielerin mehr: ich habe auf eine Laufbahn verzichtet, wo man tausenderlei Widerwärtigkeiten und Unannehmlichkeiten durchmachen muß, ehe man einigen Erfolg erlebt, den Einem Neid und Tadelsucht unaufhörlich streitig zu machen suchen. Sie erinnern sich, lieber Lehrer, jener ersten Aufführung eines Stückes, welches durchfiel und worin ich spielte? – »Ja, sehr gut; ich hatte meinen Platz beim Orchester neben Herrn Fanfan Benoît, einem achtbaren Spezereihändler, der mich mit Rosi ...« – Tags darauf, als Sie mich besuchten, wollten Sie mir nicht gerade in's Gesicht sagen, daß ich schlecht gespielt, aber Sie ließen mich merken, daß ich noch viel Studium nöthig hätte; und ich nahm das, statt die Richtigkeit Ihrer Bemerkung einzusehen und Ihren guten Rath anzuerkennen, übel auf; Sie hatten meine Eigenliebe verletzt und ich gab meinem Portier den Auftrag, mich, so oft Sie kämen, abwesend zu melden. – »Bei meinem *elften* Besuche kam dieser Gedanke auch mir.« – Verzeihen Sie mir, mein guter Herr Alexandrin; Schmeicheleien hatten mir den Kopf verdreht, ich hielt mich für eine große Künstlerin und hatte gar kein Talent; ich wollte auf's Neue spielen und wurde abermals ausgepfiffen: o! nun war ich in Verzweiflung!

»Ich weiß nicht, wie weit mich die Verzweiflung getrieben hätte ... aber zu derselben Zeit erschien ein Herr bei mir: es war ein sehr reicher, sehr angesehener Mann; er hatte mich spielen sehen und mich hübsch gefunden; so daß er sein Herz und sein Vermögen, eine Equipage und Caschemirs – unter der Bedingung, daß ich vom Theater abtrete – zu meinen Füßen legte.

»Meiner Treu, der Augenblick war zu günstig gewählt, als daß ich hätte daran denken können, ihn auszuschlagen; ich verabscheute das Theater, liebte aber die Caschemirs sehr.

»Ich nahm somit die Vorschläge jenes Herrn an und bewohne seither dieses Logis. Dienerschaft und Equipage stehen mir zu Gebote, und ich habe keinen Wunsch, der nicht augenblicklich befriedigt würde.«

Alexandrin, welcher dem Frauenzimmer mit einer sonderbaren Miene zugehört hatte, begnügte sich mit einem Kopfschütteln, indem er entgegnete:

»Aber es ist erstaunlich, wie Sie sich geändert haben, seit Sie so glücklich sind. Sie haben nicht mehr jene frische und gesunde Farbe, die auf ihrem hübschen Gesichtchen strahlte, als Sie noch im sechsten Stockwerk in der Harfen-Straße wohnten; Sie sind jetzt recht blaß, Ihr Gesicht hat sich in die Länge gezogen, Ihre Augen sind matt ... entschuldigen Sie, ich errege vielleicht abermals Ihren Unwillen gegen mich, aber ich kann Ihnen mein Staunen nicht verbergen.« – O! das schadet nichts, ich gehe jetzt Abends oft auf Bälle, durchwache die Nächte, und das ermüdet mich, ich muß es gestehen; allein was liegt daran, es ist weit vornehmer, blaß auszusehen, man findet mich auf diese Weise reizend.– »Und was macht *Ihr Gemahl*, der Herr von Saint-Eugène?« frug Alexandrin, einen besondern Nachdruck auf die ersten Worte legend; »werden Sie mich demselben nicht vorstellen?«

Jenny lächelte, während sie erwiderte:

»Wenn Herr von Saint-Eugène da ist, nehme ich Niemands Besuch an, aber er kommt nie vor vier Uhr; daher, mein lieber Herr Alexandrin, müssen Sie sich immer Morgens bei mir einfinden, Sie frühstücken dann mit mir; ich werde Ihnen die besten Sachen auftragen lassen, denn ich erinnere mich, daß Sie einer guten Tafel nicht feind sind!«

Der alte Alexandrin stand auf, nahm seinen alten Hut, den er auf den Boden gestellt hatte, machte der jungen Frau ein Compliment, und sagte mit ernster Miene zu ihr:

» *Frau von Saint-Eugène*, ich habe die Ehre, Ihnen einen guten Tag zu wünschen.« – Sie verlassen mich schon, mein lieber Lehrer?« sagte Jenny.

» *Ja, Frau von Saint-Eugène*,ich muß Schreibunterricht geben. Ach! ich hätte mich immer darauf beschränken und mich nie mit einem andern Unterrichte befassen sollen.« – Sie besuchen mich aber doch hoffentlich bald wieder; Sie treffen mich immer, wenn Sie vor vier Uhr kommen, ich verspreche es Ihnen. – »Allzugütig, *Frau von Saint-Eugène*, ich werde mich dessen erinnern. Lassen Sie sich nicht stören, *Frau von Saint-Eugène*, ich bitte Sie.«

Damit verließ der kleine Greis sehr rasch die glänzenden, von der schönen Jenny bewohnten Zimmer und sprach zu sich:

»O! jetzt gefällt mir's nicht mehr, das junge Mädchen geht auf einem tadelnswürdigen Pfade. Sie ist von dem Theater abgetreten, zu welchem sie, meiner Meinung nach, einen entschiedenen Beruf hatte; nunmehr scheint sich aber ihr Beruf Federnhüten und Caschemir-Shawls zugewendet zu haben ... Nein, ich kehre nicht mehr zu ihr zurück, ich werde sie nicht mehr besuchen, obgleich sie mir köstliche Frühstücke vorstellt; ich bin ein Lecker, das mag sein, das läugne ich nicht einmal; aber die Leckerhaftigkeit wird mich nie zu niedrigen Handlungen verleiten, und ich darf nun Fräulein Jenny, nachdem sie sich in eine Frau von Saint-Eugène verwandelt und einen Mann hat, den man nicht sehen darf und der erst um vier Uhr zu ihr kommt, nicht mehr besuchen.«

Der kleine Mann schritt durch den Hof und wollte Jenny's Haus verlassen, als ein Spezereihändler mit einem Korb voll Waaren in den Hof trat und an ihn anrannte.

»He! Spezereihändler, besser Acht gegeben!« schreit ihm Herr Alexandrin, den Kopf in die Höhe richtend, zu; aber in demselben Augenblick bleibt er stehen, ergreift den Handelsmann beim Arm und ruft aus:

»Ei, ich täusche mich nicht! Das ist Herr Fanfan Benoît.« – »Ja freilich,« entgegnet der junge Gewürzkrämer, »schau! Sie sind mir auch bekannt ... Sie sind der Schreiblehrer, der Autor, der Versmacher!« – Ach, mein lieber Freund, ich habe das Alles so ziemlich aufgegeben; mit den Jahren wird der Geist ruhiger. Wo gehen Sie denn aber hin,

Herr Fanfan? – »Ich trage Waaren aus, die man bestellt hat.« – Tragen Sie dieselben in dieses Haus? – »Ja, mein Herr.« – Zu wem, wenn ich fragen darf? – »Zu ... nun ... warten Sie ... man hat mir ja den Namen angegeben ... ah! zu Frau von Saint-Eugène ... es muß eine vornehme Dame sein, denn sie hat vom schönsten und besten Zucker und Kaffee verlangt.« – »Sie gehen zu Frau von Saint-Eugène?« sagte Herr Alexandrin, den Spezereihändler immer zurückhaltend; »ach, mein Freund, ich muß Ihnen eine vertrauliche Mittheilung machen ... wissen Sie, wer die Dame ist, zu welcher Sie gehen?« – Nein, es ist mir aber auch ganz gleichgültig, da baar bezahlt wird. – »Das wird es nicht mehr sein, wenn Sie erfahren, daß die Dame, die im ersten Stocke in prachtvollen Gemächern wohnt, Caschemirs trägt, eine Equipage zu ihrer Verfügung hat und jetzt Camelien kauft, keine andere ist als Jenny Desgrillon, die ehemalige Coloristin in der Harfen-Straße, die Sie früher heirathen wollten.« – »Jenny!« ruft Fanfan Benoît, seinen Korb vom Kopfe nehmend und ihn auf einen Eckstein setzend, aus. »Jenny! ... Wie, sie ist eine große Dame geworden und hat in so kurzer Zeit ihr Glück gemacht! Ach! Herr Alexandrin, ich sehe ein, daß Sie Recht hatten, zu behaupten, sie habe das heilige Feuer, und es sei besser, Schauspielerin als Spezereihändlerin zu sein; ich hätte ihr nie eine Equipage und Lakaien halten können; sie ist Ihnen viel Dank schuldig! Um übrigens ein solches Einkommen zu haben, muß sie wenigstens bei der großen Oper angestellt sein.« – Nein, sie ist weder bei der großen, noch bei einer kleinen Oper angestellt!« entgegnet der kleine Greis, einen tiefen Seufzer ausstoßend und in den Korb hineinblickend, dessen Säcke aber alle fest zugebunden waren, »sie ist nicht einmal bei einem Seiltänzertheater ... sondern von der Bühne abgetreten.« – »Sie hat demnach sonst ihr Glück gemacht! denn das muß ein sehr reicher Mann sein, der sie geheirathet hat? ... Jedenfalls ist sie verheirathet, da sie jetzt Frau von Saint-Eugène heißt. Was treibt ihr Mann ... er ist wohl Pair von Frankreich?« – Ihr Mann! ... hm! Ich glaube nicht, daß sie einen Pair von Frankreich zum Manne hat, nicht einmal einen Hasenfellhändler ... sondern ich glaube, daß sie ... hm! mein lieber Freund, die Weiber! sehen Sie, Virgil hat gesagt:

Varium et mutabile semper femina!

und wenn man Catull's und Cato's Ansichten dazu fügt, so ergibt sich kein vortheilhaftes Resultat für das schöne Geschlecht daraus. – »Mein Herr,« erwiderte Fanfan Benoît, seinen Korb wieder auf den Kopf nehmend, »ich verstehe zwar kein Latein, aber ich merke, was Sie damit sagen wollen ... Ach! Mamsell Jenny, dahin mußte es mit Ihnen kommen ... deßhalb also wollten Sie meine Frau nicht werden! Doch, wenn sie nur glücklich ist, bin ich schon zufrieden, ich wünsche nur, daß ihr Glück von Bestand sein möge; aber ich verkaufe keinen Zucker und keinen Kaffee an sie! o nein! sie kann ihn holen lassen, wo sie will! Adieu, mein Herr.«

Nach diesen Worten entfernte sich der junge Spezereihändler mit großen Schritten, und der alte Alexandrin dachte, während er ihm nachsah: »Dieser Spezereihändler ist ein guter Mensch! ja, ein guter Mensch! an seiner Stelle hätte ich es auch so gemacht ... ich hatte auch meine Waaren wieder mitgenommen ... nur hätte er, da er seinen Kaffee nicht zu Frau von Saint-Eugène trug, mir einige Loth davon anbieten können ... Allein, gleichviel, Fanfan Benoît hat Herz im Leibe; man muß keine Frau *verzuckern*, die uns verschmäht hat.«

Und der alte Lehrer kehrte mit dem Vorsatz nach Hause zurück, nicht mehr in die Chaussée-d'Antin zu gehen und keine Blumen mehr auf dem Magdalenen-Markte zu suchen.

Siebentes Kapitel

Die Zeit verging, denn die Zeit bleibt nie stille stehen; sie entflieht dem Reichen wie dem Armen; die Zeit ist das wahre Perpetuum mobile.

Der kleine Greis huldigte fortwährend den Musen, deren Cultus ihm wenig eintrug; aber er hatte Niemand, mit dem er über das Theater sprechen, dem er seine Pläne auseinandersetzen und seine Bearbeitungen vorlesen konnte; oft dachte er an Jenny, welche ihm so gefällig zuhörte, als sie noch im sechsten Stocke wohnte.

»Ich bin überzeugt, sie würde mir noch mit Vergnügen zuhören,« sprach er manchmal in seinem Sinne; »denn ich muß gestehen, daß sie sich sehr freundschaftlich gegen mich benommen, und das Glück in Bezug auf mich keine Veränderung bei ihr hervorgebracht hat, aber ich will nicht mehr zu ihr gehen ... ich habe mir es vorgenommen; der Umgang mit ihr paßt nicht für mich!«

Allein trotz dieses Vorsatzes erinnerte sich der alte Lehrer stets an seine frühere Schülerin, in Alexandrins Jahren sind die Neigungen beständig, es stellt sich nicht plötzlich ein neues Gefühl ein, um ein altes zu verdrängen. Der kleine Greis that sein Möglichstes, um fest in seinem Entschlusse zu bleiben, nicht mehr zu Jenny zurückzukehren; aber dieser Entschluß wurde mit jedem Tage schwächer, und er fing bereits an, ihn mit Scheingründen zu bekämpfen. So warf er sich vor:

»Ich muß doch zugeben, daß ich mich ein wenig hart gegen dieses Mädchen benehme ... sie hat sich bei unserem letzten Zusammentreffen so gar freundschaftlich gegen mich gezeigt; auf dem Magdalenen-Blumenmarkt hat sie mich zu sich in den Wagen sitzen lassen ... und dann ihre Fehler so freimüthig eingestanden!

»Das ist wirklich eine seltene Sache, man trifft nicht leicht Jemand, der sein Unrecht offen bekennt.

»Und habe ich mir denn nichts vorzuwerfen? ... Ist es nicht auch theilweise meine Schuld, daß das junge Mädchen auf unrechte Wege gerathen ist und ihr Gewerbe als Coloristin aufgegeben hat? habe ich nicht zuerst ihre Neigung für's Theater erweckt und genährt?

Ach! ja, ich hatte damals sehr Unrecht ... und jetzt sollte ich sie vergessen und mich nicht mehr um sie bekümmern? nein, nein!

»Ich will keinen nähern Umgang mit Frau von Saint-Eugène pflegen, das ist ganz in der Ordnung; aber nicht ein einziges Mal hinzugehen und mich nach dem Befinden der guten Jenny zu erkundigen, wäre doch auch nicht recht und zeugte von einem schlechten Herzen ... um so mehr, als ich sie bei unserer letzten Zusammenkunft sehr verändert, sehr abgemagert fand; es bleibt dabei, ich mache ihr einen Besuch, um zu hören, wie es mit ihrer Gesundheit steht, das kann gewiß nicht nachtheilig für mich sein.«

Und Herr Alexandrin machte sich eines Morgens, nachdem er seinen alten Rock so gut als möglich ausgebürstet und seinen schlechten Hut abgerieben hatte, auf den Weg, um sich in die Straße d'Antin zu begeben; es waren ungefähr sechs Monate verflossen, seit er Jenny nicht mehr gesehen hatte.

Der kleine Greis langte in der Straße d'Antin an, er wußte die Nummer von Frau von Saint-Eugène's Hause nicht, aber er war überzeugt, daß er es wieder erkennen werde; er ging also langsam vorwärts und betrachtete aufmerksam jedes Hofthor.

In der Gegend, wo seiner Ansicht nach die gesuchte Wohnung sein mußte, sah er vor einem schönen Hause einen Leichenwagen stehen.

Herr Alexandrin geht, ehrfurchtsvoll seinen Hut abnehmend, an diesem Trauerapparate vorbei; er geht immer weiter, Jenny's Wohnung zu suchen, aber er kann das Haus nicht finden; er muß schon an ihm vorbeigegangen sein, ohne es erkannt zu haben; er kehrt um und sieht das traurige Fuhrwerk wieder.

Der Anblick dieses Leichenwagens macht einen peinlichen Eindruck auf ihn; er geht hastig vorüber und sucht immer die Wohnung seiner Schülerin, ohne sie finden zu können.

Als der alte Lehrer abermals zurückkommt, bleibt er in der Nähe des schwarzbehängten Hauses stehen; er ist fest überzeugt, daß hier herum Jenny's Wohnung sein muß. Mehrmals drängt sich ihm der Gedanke auf, ob nicht vielleicht dieses Haus, dessen Thüre schwarz behängt ist, dasjenige sei, welches er nicht erkennen könne; dieser Gedanke thut im weh, er will ihn nicht aufkommen lassen; und doch, je länger er die nebenstehenden Häuser betrachtet, je klarer wird es ihm, daß er schon einmal in dieser Gegend der Straße gewesen sei. Er lenkt also seine Schritte auf das schwarze Behänge zu und denkt:

»Was ist Auffallendes daran, daß Jemand in dem Hause gestorben ist, wo meine ehemalige Schülerin wohnt? ... In Paris wohnen so vielerlei Leute unter einem Dache; der Eine stirbt im zweiten Stock, während der Andere sich im ersten verheirathet, und ein Kind im dritten geboren wird; das kann man alle Tage sehen.«

Herr Alexandrin geht in den Hof hinein: der Sarg mit der Leiche der abgeschiedenen Person stand noch dort.

Der Greis verneigt sich und geht mit beklommenem Herzen weiter; der Anblick dieses Sarges thut ihm wehe, er sucht die Pförtnerin, findet sie endlich und fragt mit ergriffener Stimme:

»Nicht wahr, Madame, ich täusche mich nicht, es wohnt eine junge Dame in diesem Hause ... die man Frau von Saint-Eugène nennt?«

Die Portière betrachtet den Greis einen Augenblick ehe sie ihm antwortet, und sagt ihm dann mit Zögern: »Ja, mein Herr, ja, diese Dame hat in diesem Hause gewohnt.« – »Hat sie diese Wohnung verlassen, ist sie ausgezogen? dann werden Sie ihre jetzige Adresse wissen.«

Die Portière scheint sich zu fürchten, eine Antwort zu geben; nachdem sie übrigens den kleinen Greis abermals betrachtet hat, sagt sie zu ihm:

»Ist der Herr vielleicht ein Anverwandter von Frau von Saint-Eugène ... Sind Sie vielleicht gar ...« – Ich bin nur ihr Freund, aber ich interessire mich sehr für sie; wozu diese Frage, Madame?« – »Ach, mein Herr! weil ich Ihnen dann die ganze Wahrheit sagen kann; die Person, nach welcher Sie fragen, wohnt jetzt nicht mehr im ersten Stocke. .. sie ist ... sie ist dort! ...«

Damit deutete die Portière mit der Hand auf den im Hofe stehenden Sarg.

»Wäre es möglich!« ruft der arme Lehrer, seine Augen mit dem Taschentuch bedeckend, aus; »wie diese gute Jenny, die so hübsch und noch so jung war...« – Ach! mein Herr, sie ist gestern gestorben ... Sie war schon einige Zeit leidend; sie hatte sich während eines Katarrhs nicht gehalten, berücksichtigte ihre Gesundheit so gar nicht, und blieb Nächte lang auf Bällen, denn daheim war es ihr langweilig; sie wollte immer ausgehen. Allein vor einem Monat ungefähr mußte sie sich zu Bette legen ... und sie ist nicht mehr davon aufgestanden!« - »Arme Jenny! ... armes junges Mädchen! ...« murmelt der Greis weinend ... »ach! ich ahnte es, der Anblick dieses Wagens that mir so wehe! Doch ich kann ihr wenigstens noch die letzte Ehre erweisen, und von all' denen, die sie auf die Bälle geführt haben, auf denen sie ihre Gesundheit eingebüßt hat, werden wohl wenige kommen, ihr diesen letzten Beweis von Theilnahme zu geben!«

Der Wagen führte die Verstorbene fort, Herr Alexandrin folgte ihm und blickte um sich, sich nach den Begleitern zur letzten Ruhestätte umsehend, aber Niemand erschien!

Niemand als er folgte dem Leichenwagen von Jenny Desgrillon und der Greis allein beweinte dieses junge Mädchen, welches eine Masse Anbeter gehabt hatte.

Man kam zur Kirche; eine Hochzeit wurde in einer Seitenkapelle in der Nähe derjenigen gefeiert, wo man das letzte Gebet für Jenny verrichtete. Herr Fanfan Benoît, der Spezereihändler, war es, der sich mit einem jungen Mädchen vermählte, welcher sein Stand nicht mißfallen hatte.

Herr Alexandrin sah das Brautpaar, welches beim Heraustreten aus der Kapelle an ihm vorbeiging; der alte Lehrer kniete nieder und barg sein Gesicht in seinem Hute, aus Furcht, Fanfan Benoît möchte ihn erkennen und dann errathen, wer die Person sei, deren Leichenbegängniß gefeiert werde. Der Greis wollte nicht, daß der junge Spezereihändler die Nachricht von Jenny's Tode an seinem Hochzeitstage erfahre, denn er konnte sich wohl denken, daß das störend auf sein Glück eingewirkt hätte.

Herr Alexandrin folgte Jenny bis zu ihrem letzten Wohnort. Es war ein Platz auf dem Gottesacker für sie gekauft worden; ein kleines Gitter umschloß das Grab, und es blieb noch einiger Raum zur Anpflanzung von Blumen übrig.

Der Greis kam am folgenden Tage mit einem bescheidenen Veilchenstöckchen, welches er auf das Grab des jungen Mädchens niedersetzte und dabei sprach:

»Arme Jenny! Diese Blume gab Veranlassung zu unserer Bekanntschaft! So oft ich von nun an eine solche kaufen werde, soll es nur geschehen, um sie hierher zu bringen!«

Über tredition

Eigenes Buch veröffentlichen

tredition wurde 2006 in Hamburg gegründet und hat seither mehrere tausend Buchtitel veröffentlicht. Autoren veröffentlichen in wenigen leichten Schritten gedruckte Bücher, e-Books und audio-Books. tredition hat das Ziel, die beste und fairste Veröffentlichungsmöglichkeit für Autoren zu bieten.

tredition wurde mit der Erkenntnis gegründet, dass nur etwa jedes 200. bei Verlagen eingereichte Manuskript veröffentlicht wird. Dabei hat jedes Buch seinen Markt, also seine Leser. tredition sorgt dafür, dass für jedes Buch die Leserschaft auch erreicht wird.

Im einzigartigen Literatur-Netzwerk von tredition bieten zahlreiche Literatur-Partner (das sind Lektoren, Übersetzer, Hörbuchsprecher und Illustratoren) ihre Dienstleistung an, um Manuskripte zu verbessern oder die Vielfalt zu erhöhen. Autoren vereinbaren direkt mit den Literatur-Partnern die Konditionen ihrer Zusammenarbeit und partizipieren gemeinsam am Erfolg des Buches.

Das gesamte Verlagsprogramm von tredition ist bei allen stationären Buchhandlungen und Online-Buchhändlern wie z. B. Amazon erhältlich. e-Books stehen bei den führenden Online-Portalen (z. B. iBookstore von Apple oder Kindle von Amazon) zum Verkauf.

Einfach leicht ein Buch veröffentlichen: **www.tredition.de**

Eigene Buchreihe oder eigenen Verlag gründen

Seit 2009 bietet tredition sein Verlagskonzept auch als sogenanntes "White-Label" an. Das bedeutet, dass andere Unternehmen, Institutionen und Personen risikofrei und unkompliziert selbst zum Herausgeber von Büchern und Buchreihen unter eigener Marke werden können. tredition übernimmt dabei das komplette Herstellungs- und Distributionsrisiko.

Zahlreiche Zeitschriften-, Zeitungs- und Buchverlage, Universitäten, Forschungseinrichtungen u.v.m. nutzen diese Dienstleistung von tredition, um unter eigener Marke ohne Risiko Bücher zu verlegen.

Alle Informationen im Internet: **www.tredition.de/fuer-verlage**

tredition wurde mit mehreren Innovationspreisen ausgezeichnet, u. a. mit dem Webfuture Award und dem Innovationspreis der Buch Digitale.

tredition ist Mitglied im Börsenverein des Deutschen Buchhandels.

Dieses Werk elektronisch lesen

Dieses Werk ist Teil der Gutenberg-DE Edition DVD. Diese enthält das komplette Archiv des Projekt Gutenberg-DE. Die DVD ist im Internet erhältlich auf **http://gutenbergshop.abc.de**

MIX

Papier | Fördert
gute Waldnutzung

FSC® C083411

Zeitfracht Medien GmbH
Ferdinand-Jühlke-Straße 7
99095 Erfurt, Deutschland
produktsicherheit@kolibri360.de